目次

金瓶梅同人誌

經典原味　萬曆本《金瓶梅詞話》選錄

同人新創　名家特撰小說

萬曆本《金瓶梅詞話》選錄

蘭陵笑笑生

第二十七回

李瓶兒私語翡翠軒
潘金蓮醉鬧葡萄架

「頭上青天自恁欺，害人性命霸人妻，
須知奸惡千般計，要使人家一命危；
淫奸從來由濁富，貪嗔轉念是慈悲，
天公尚且舍生育，何況人心忒妄為。」

話說來保，正從東京來下頭口，在卷棚內回西門慶話，具言：「到東京先見稟事的管家下了書，然後引見太師老爺，看了揭帖，把禮物收進去，交付明白；老爺吩咐，不日寫書，馬上差人下與山東巡撫侯爺，把山東滄州鹽客王霽雲等，一十二名寄監者，盡行釋放。翟叔多上覆爹，老爺壽誕，六月十五日，好歹教爹上京走走，他有話和爹說。」這西門慶聽了，滿心歡喜。來保此遭回來，撰了鹽商王四峰五十兩銀子，西門慶使他回喬大戶話去。只見賁四、來興走來，見西門慶在卷棚內，和來保說話，立在傍邊，來保便往喬大戶家去了。西門慶問賁四：「你每燒了回來了？」那賁四不敢言語；來興兒向前附耳低語，如此這般：「被宋仁走到化人場上，攔著尸首，不容燒化。聲言甚是無禮，小的不敢說。」這西門慶不聽萬事皆休，聽了心中大怒，罵道：「這少死光棍，這等可惡！」即令小廝：「請你姐夫來寫帖兒。」就差來興兒送與正堂李知縣。隨即差了兩個公人，一條索子，把宋仁拿到縣里。反問他打網詐財，倚尸圖賴，當廳一夾二十大板，打的順腿淋漓鮮血；寫了一紙供案，再不許到西門慶家纏擾。並責令地方火甲，眼同西門慶家人，即將尸燒化訖來回話。那宋仁打的腿棒瘡歸家，著了重氣，害了一場時疫，不上幾日，嗚嗚哀哉死了！正是：

「失曉人家逢五道，溟冷飢鬼撞鐘馗。」

有詩為証：

「縣官貪污更堪嗟，得人金帛售奸邪；
宋仁為女歸陰路，致死冤魂塞滿衙。」

西門慶剛了畢宋惠蓮之事，就打點三百兩金銀，交賴銀率領許多銀匠，在家中卷棚內，打造蔡太師上壽的四陽捧壽的銀人，每一座高尺有餘；又打了兩把金壽字壺，尋了兩副玉桃杯，不消半月光景，都攢造完備。西門慶打發來旺兒杭州織造蟒木，少兩件蕉布紗蟒衣。拿銀子教人到處尋，買不出好的來。將就買二件，一日打包端就，著來保同吳主管，五月二十八日離清河縣，上東京去了，不在話下。過了兩日，卻是六月日初一日，即今到三伏天。正是：

「大暑無過未申，大寒無過丑寅。」

天氣十分炎熱，到了那赤烏當午的時候，一輪火傘當空，無半點雲翳，真乃爍石流金之際。人口有一只詞單道這熱：

「祝融南來鞭火龍，火雲焰焰燒天紅；日輪當午凝不去，方國如在紅爐中。五嶽翠乾雲彩滅，陽侯海底愁波竭；何當一夕金風發，為我掃除天下熱！」

說話的，世上有三等人怕熱，有三等人不怕熱。那三等人怕熱？第一怕熱，田舍間農夫，每日耕田邁隴，扶犁把耙，趁王苗二稅，納倉廩餘糧；到了那三伏時節，田中無雨，心間一似火燒。第二經商客旅，經年在外，販的是那紅花紫草，蜜蠟香茶　；肩負重擔，手碾沉車，路途之中，走的飢又飢，渴又渴。汗涎滿面，衣服精濕，得不的寸陰之下，實是難行。第三是那邊塞上戰士，頭頂重盔，身披鐵甲，渴飲刀頭血，困歇馬鞍鞽；經年征戰，不得回歸。衣生虱蟣，瘡痍潰爛，體無完膚。這三等人怕熱。又有那三等人不怕熱？第一是皇宮內院，水殿風亭，曲水為池，流泉作沼。有大塊小塊玉，正對倒透犀。碧玉欄邊，種著那異菓奇葩；水晶盆內堆著那瑪瑙珊瑚。又有廂成水晶卓上，擺列著端溪硯、象管筆、蒼頡墨、蔡琰箋。又有水晶筆架、白玉鎮紙；悶時作賦吟詩，醉後南薰一枕。又有王侯貴戚，富室名家，每日雪洞涼亭，終朝風軒水閣。蝦鬚編成簾幕，鮫綃織成帳幔，茉莉結就的香球吊挂。雲母床上，鋪著那水紋涼蕈，鴦鴛珊枕。四面撓起風車來，那傍邊水盆內，浸著沉李浮瓜，紅菱雪藕，楊梅橄欖，蘋莈白雞頭。又有那如花似朵的佳人在傍打扇。又有那琳宮梵剎，羽士禪僧，住著那侵雲經閣，接漢鍾樓；閒時常到方丈內，講誦道法黃庭，時來仙苑中，摘取仙桃異菓，悶了時，喚童子松陰下，橫琴膝上。醉後攜棋，秤柳陰中對友笑談。原來這三等人不怕熱。有詩為証：

「赤日炎炎似火燒，野田禾黍半枯焦；
農夫心內如湯煮，樓上王孫把扇搖。」

這西門慶起來，遇見天熱不曾出門，在家撒髮披襟避暑。在花園中翡翠軒卷棚內，看著小廝每打水澆灌花草。只見翡翠軒正面前，栽著一盆瑞香花，開得甚是爛熳。西門慶令小廝來安兒拿小噴壺兒，看著澆水。只見潘金蓮和李瓶兒，家常都是白銀條紗衫兒，密合色紗桃線穿花鳳縷金拖泥裙子。李瓶兒是大紅焦布比甲，金蓮是銀紅比甲，都用羊皮金滾邊，妝花楣子；惟金蓮不戴冠兒，拖著不窩子杭州攢翠雲子網兒，露著四髮，上粘著飛金，貼粉面，額上貼著三個翠面花兒，越顯出粉面油頭，朱唇皓齒。兩個攜著手兒，笑嘻嘻驀地走來。看見西門慶澆花兒，說道：「你原來在這裡看著澆花兒哩！怎的還不梳頭去？」西門慶道：「你教丫頭拿水來，我這裡梳頭罷。」金蓮叫來安：「你且放下噴壺，去屋裡對丫頭說，教他快拿水拿梳子來，與你爹這裡梳頭。」來安應諾去了。金蓮看見那瑞香花，就要摘了戴在頭上。西門慶攔住道：「怪小油嘴，趁早休動手。我每人賞你一朵罷！」原來西門慶把傍邊少開頭，早已摘下幾朵來，浸在一隻翠磁膽瓶內，金蓮笑道：「我兒，你原來掐下恁幾朵來，放在這裡？不與娘戴？」於是先搶過一枝來，插在頭上。西門慶遞了一朵與李瓶兒。只見春梅送了鏡梳子來，秋菊拿著洗面水。西門慶遞了三枝花，教送與月娘、李嬌兒、孟玉樓戴：「就請你三娘來，教他彈回月琴我聽。」金蓮道：「你把孟三兒的拿來，等我送與他。教春梅送他大娘和李嬌兒的去。回來你再把一朵花兒與我；我只替你叫唱的，也該與我一朵兒。」西門慶道：「你去，回來與你。」金蓮道：「我的兒，誰養的你恁乖？你哄我，替你叫了孟三兒，你是全不與我，我不去；你與了我，我才叫去。」那西門慶笑道：「賊小淫婦兒！這上頭也掐個先兒！」於是又與了他一朵。金蓮簪於雲鬢之傍，方才往後邊去了。止撇下李瓶兒，和西門慶二人，在翡翠軒內。西門慶見他紗裙內，罩著大紅紗褲兒，日影中玲瓏剔透，露著玉骨冰肌，不覺淫心　起。見左右無人，且不梳頭，把李瓶兒按在一張涼椅上，揭起湘裙，紅褌初褪，倒蹹著隔山取火，幹了半晌，精還不洩，兩人曲盡於飛之樂。不想潘金蓮不曾往後邊叫玉樓去，走到花園角門首，把花兒遞與春梅送去。想了想，回來，悄悄躡足，走在翡翠軒槅子外潛聽。聽勾多時，聽見他兩個在裏面正幹得好。只聽見西門慶向李瓶兒道：「我的心肝，你達不愛別的，愛你好個白屁股兒，今日盡著你達受用！」良久，又聽的李瓶兒低聲叫道：「親達達，你省可的〈手靡〉罷！奴身上不方便，我前番乞你弄重了些，把奴的小肚子疼起來，這兩日才好些兒。」西門慶因問：「你怎的身上不方便？」李瓶兒道：「不瞞你說，奴身中已懷臨月孕，望你將就些兒！」西門慶聽言，滿心歡喜，說道：「我的心肝，你怎不早說？既然如此，你爹胡亂耍耍罷！」於是樂極情濃，怡然怠之，兩手抱定其股，一洩如注，婦人在下弓股承受其精。良久，只聞的西門慶氣喘吁吁，婦人鶯鶯聲軟，都被金蓮在外聽了個不亦樂乎。正聽之間，只見玉樓從後來驀地來到。便問：「五姐丫頭，在這裡做甚麼兒？」那金蓮便搖手兒。兩個一齊走到軒內，慌的西門慶湊手腳不迭。問西門慶：「我去了這半日，你做甚麼？恰好還沒曾梳頭洗臉哩！」西門慶道：「我等著丫頭，取那茉莉花肥皂來，我洗臉。」金蓮道：「我不好說的。巴巴尋那肥皂洗臉，怪不的你的臉，洗的與人家屁股還白！」那西門慶聽了，也不著在意里。落後梳洗罷，與玉樓一同坐下，因問：「你在後邊做甚麼來？帶了月琴來不曾？」玉樓道：「我在屋裡替大姐姐穿珠花來，到明日與吳舜臣媳婦兒鄭三姐下茶去戴。月琴，春梅拿了來。」不一時，春梅來到，說：「花兒都送與大娘、二娘收了。」西門慶令他安排酒來。不一時，冰盆內，沉李浮瓜；涼亭上，偎紅倚翠。玉樓道：「不使春梅請大姐姐？」西門慶道：「他又不飲酒，不消邀他去。」當下妻妾四人便了。西門慶居上坐，三個婦人兩邊打橫，得多少壺斟美釀，盤列珍羞。那潘金蓮放著椅兒不坐，只坐豆青磁涼墩兒。孟玉樓叫道：「五姐，你過這椅兒上坐，那涼墩兒只怕冷。」金蓮道：「不妨事，我老人家不怕冰了胎，怕甚麼？」須臾，酒過三巡，西門慶教春梅取月琴來。教玉樓取琵琶，教金蓮彈：「你兩個唱一套『赤帝當權耀太虛』我聽。」金蓮不肯，說道：「我兒，誰養的你恁乖，俺每唱，你兩個是會受用快活；我不，也教李大姐也拿了莊樂器兒。」西門慶道：「他不會彈甚麼。」金蓮道：「他不會，教他在旁邊代板。」西門慶笑道：「這小淫婦！單管咬咀兒！」一面令春梅旋取了一副紅牙象板來，教李瓶兒拿著。他兩個方才輕舒玉指，款跨鮫綃，合著聲唱雁過沙，丫鬟繡春在傍打扇。「赤帝當權耀太虛」唱畢，西門慶每人遞了一杯酒，與他吃了。那潘金蓮不住在席上只呷冰水，或吃生菓子。玉樓道：「五姐你今日怎的只吃生冷？」金蓮笑道：「我老人家肚內沒閒事，怕甚麼冷糕麼？」羞的李瓶兒在傍，臉上紅一塊，白一塊。西門慶瞅他一眼。說道：「你這小淫婦兒，單管只胡說白道的！」金蓮道：「哥兒，你多說了話，老媽媽睡著吃乾臘肉，是恁一絲兒一絲兒的，你管他怎的！」正飲酒中間，忽見雲生東南，霧障西北，雷聲隱隱，一陣大雨來，軒前花草皆濕。正是：

「江河淮海添新水，翠竹紅榴洗濯清。」

少頃雨止，天外殘虹，西邊透出日色來。得多少微雨過碧磯之潤，晚風涼院落之清。只見後邊小玉來請玉樓。玉樓道：「大姐姐叫，有幾朵珠花沒穿了，我去罷，惹的他怪。」李瓶兒道：「咱兩個一答兒裡去。奴也要看姐姐穿珠花哩！」西門慶道：「等我送你每一送。」於是取過月琴來，教玉樓彈著。西門慶排手，眾人齊唱梁州序：

「向晚來，雨過南軒，見池面紅妝凌亂。聽春雷隱隱，雨收雲散。但聞得荷香十里，新月一鉤此景佳無限。蘭湯初浴罷，晚妝殘，深院黃昏懶去眠。合金縷唱，碧筒勸，向冰山雪檻排佳宴。清世界，能有幾人見？」

「柳陰中，忽噪新蟬，見流螢飛來庭院。聽菱歌何處，畫船歸晚。只見玉繩低度，朱戶無聲，此景猶堪羨。起來攜素手，整雲偏，月照紗廚人未眠。合前」

〔節節高〕「漣漪戲彩鴛，綠荷翻，清香瀉下瓊珠濺。香風扇，芳沼邊，閒亭畔，坐來不覺人清健。蓬萊閬苑何足羨。合只恐西風又驚秋，暗中不覺流年換！」

眾人唱著，不覺到角門首。玉樓把月琴遞與春梅，和李瓶兒同往後去了。潘金蓮遂叫道：「孟三兒，等我等兒，我也去。」才待撒了西門慶走，被西門慶一把手拉住了，說道：「小油嘴兒，你躲滑兒，我偏不放你。」拉著只一輪，險些不論了一交。婦人道：「怪行貨子！我衣服著出來的，看勾了我的胳膊；淡孩兒，他兩個都走去了。我看你留下我做甚麼？」西門慶道：「咱兩個在這太湖石下，取酒來投個壺兒耍子，吃三杯。」婦人道：「怪行貨子！咱往亭子上那裡投去來，平白在這裡做甚麼？你不信，使春梅小肉兒，他也不替你取酒來。」西門慶因使春梅，春梅越發把月琴丟與婦人，揚長的去了。婦人接過月琴，在手內彈了一回，說道：「我問孟三兒，也學會了幾句兒了。」一壁彈著，見太湖石畔石榴花，經雨盛開，戲折一枝，簪於雲鬢之傍，說道：「我老娘帶個三日不吃飯，眼前花。」被西門慶聽見，走向前，把他兩只子小金蓮扛將起來，戲道：「我把這小淫婦，不看世界面上，就合死了。」那婦人便道：「怪行貨子！且不要發訕，等我放下這月琴著。」於是把月琴順手倚在花台邊，因說道：「我的兒，再二來來越發罷了。適才你和李瓶兒合搗去罷，沒地摭囂兒來纏我做甚麼？」西門慶道：「怪奴才！單管只胡說。誰和他有甚事！」婦人道：「我兒，你但行動，瞞不過當方土地。老娘是誰？你來瞞我！我往後邊送花兒去，你兩個幹的好營生兒！」西門慶道：「怪小淫婦兒，休胡說！」於是按在花台下，就親了個嘴，婦人連忙吐舌頭在他口裡。西門慶道：「你叫我親達達，我饒了你，放你起來罷！」那婦人強不過，叫了他聲：「親達達，我不是你那可意的，你來纏我怎的？」兩個正是：

「弄晴鶯舌於中巧，著雨花枝分外妍。」

兩個頑了一回，婦人道：「咱往葡萄架那裡投壺耍子兒去走來！於是把月琴跨在在胳膊上，彈著找梁州序後半截：

「清宵思爽然，好涼天，瑤台月下清虛殿。神仙春，開玳筵，重歡宴。任教玉漏催銀箭，水晶宮裡笙歌按。合前只恐西風又驚秋，不覺暗中流年換。」

〔尾聲〕「光陰迅速如飛電，好良宵，可惜漸閒。拚取歡娛歌笑喧。」

「日日花前宴，宵宵伴玉娥；

今生能有幾？不樂待如何！」

兩人並肩而行，須臾，轉過碧池，抹過木香亭，從翡翠軒前穿過，來到葡萄架上，睜眼觀看，端的好一座葡萄！但見：

「四面雕欄石甃，周圍翠葉深稠；迎眸霜色，如千枝紫彈墜流蘇；噴鼻秋香，似萬架綠雲垂繡帶。緼緼馬乳，水晶丸裡浥瓊漿；滾滾綠珠，金屑架中含翠幄。乃西域移來之種，隱甘泉珍玩之勞，端的四時花木襯幽葩，明月清風無價買。」

二人到於架下，原來放著四個涼墩，有一把壺在傍。金蓮把月琴倚了，和西門慶投壺。遠遠只見春梅拿著酒，秋菊掇著菓盒，盒子上一碗。水湃的菓子。婦人道：「小肉兒，你頭裡使性兒的去了，如何又送將來了？」春梅道：「教人還往那裡尋你們去？誰知驀地這裡來。」秋菊放下去了。西門慶一面揭開盒，裡邊攢就的八槅細巧菓菜，一槅是糟鵝胗掌，一槅是一封書臘肉絲，一槅是木樨銀魚鮓，一槅是劈曬雛雞脯翅兒，一槅鮮蓮子兒，一槅新核桃穰兒，一槅鮮菱角，一槅鮮荸薺，一小銀素兒葡萄酒，兩個小金蓮蓬鍾兒，兩雙牙筯兒，安放一張小涼杌兒上。西門慶與婦人對面坐著，投壺耍子。須臾，過橋翎花，倒入雙飛雁，登科及第，二喬觀書，楊妃春睡，烏龍入洞，珍珠倒卷簾。投了十數壺，把婦人灌的醉了，不覺桃花上臉，秋波斜睨。西門慶要吃藥五香酒，又取酒去。金蓮說道：「小油嘴！我再央你央兒，往房內把涼席和枕頭取了來，我困的慌，這裡略倘倘兒。」那春梅故作撒嬌說道：「罷麼！偏有這些支使人的，誰替你又拿去？」西門慶道：「你不拿，教秋菊抱了來；你拿酒就是了。」那春梅搖著頭兒去了。遲了半日，只見秋菊先抱了涼席枕衾來。婦人吩咐：「放下鋪蓋，拽花園門，往房裡看去，我叫你便來。」那秋菊應諾，放下衾枕，一直去了。這西門慶於是起身，脫下玉色紗褷兒，搭在欄桿上，逕往牡丹畦西畔，松牆邊花架下，小淨手去了。回來，婦人又早在架兒底下，鋪設京簟枕衾停當，脫的上下沒條絲，仰臥於衽席之上，腳下穿著大紅鞋兒，手弄白紗扇兒搖涼。西門慶走來，看見怎不觸動淫心。於是乘著酒興，亦脫去上下衣，坐在一涼墩上。先將腳指挑弄其花心，挑的淫津流出，如蝸之吐涎；一面又將婦人紅繡花鞋兒，摘取下來戲，把他兩條腳帶解下來，拴其雙足，吊在兩邊葡萄架兒上如金龍探爪相似。使牝戶大張，紅鉤赤露，雞舌內吐。西門慶先倒覆著身子，執麈柄抵牝口，賣了個倒入翎花，一手據枕，極力而提之，提的陰中淫氣連綿如數，鰍行泥淖中相似。婦人在下，沒口子呼叫達達不絕。正幹在美處，只見春梅蕩了酒來，一眼看見，把酒注子放下，一直走到山頂上一座最高亭兒，名喚臥雲亭那裡，搭伏著棋卓兒，弄棋子耍子。西門慶抬頭看見他在上面，點手兒叫他不下來，說道：「小油嘴！我拿不下你來，就罷了！」於是撇了婦人，比及大叉步，從石磴上走到上頂亭子上時。那春梅早從右邊一條羊腸小道兒下去，打藏春塢雪洞兒裡穿過去，走到半中腰滴翠山叢花木深處，才待藏躲，不想被西門慶撞見，黑影裡攔腰抱住，說道：「小油嘴！我卻也尋著你了！」遂輕輕抱出到於葡萄架下，笑道：「你且吃鍾酒著。」一面摟他坐在腿上，兩個一遞一口飲酒。春梅見把婦人兩腿拴吊在架上，便說道：「不知你每甚麼張致，大青天白日里，一時人來撞見，怪模怪樣的！」西門慶門道：「角門子關上了不曾？」春梅道：「我來時扣上來了。」西門慶道：「小油嘴！看我投個肉壺，名喚金彈打銀鵝你瞧。若打中一彈，我吃一鍾酒。於是向水碗內取了枚玉黃李子，向婦人牝中內，一連打了三個，皆中花心。這西門慶一連吃了三鍾藥五香酒，又令春梅斟了一鍾兒，遞與婦人吃。又把一個李子放在牝內，不取出來，又不行事。急的婦人春心沒亂，淫水直流，又不好去叫出來的。只是朦朧星眼，四肢嚲然於枕簟之上，口中叫道：「好個作怪的冤家！捉弄奴死了！」鶯聲顫掉。那西門慶叫春梅在傍打著扇，只顧吃酒不理他，吃來吃去，仰臥在醉翁椅兒上打睡，就睡著了。春梅見他醉睡，走來摸摸，打雪洞內一溜煙往後邊去了。聽見有人叫角門，開了門，原來是李瓶兒。由著西門慶睡了一個時辰，睜開眼醒來，看見婦人還吊在架下，兩隻白生生腿兒，蹺在兩邊，興不可遏。因見春梅不在跟前，向婦人道：「淫婦，我丟與你罷。」於是先摳出牝中李子，教婦人吃了。坐在只枕頭上，向紗褶子順袋內，取出淫器包兒來，先以初使上銀托子，次只硫黃圈來；初時不肯，在牝口子來回，擂晃不肯深入。急的婦人仰身迎播，口中不住聲叫：「達達，快些進去罷！急壞了淫婦了，我曉的你惱我為李瓶兒，故意使這促卻來奈何我！今日經著你手段，再不敢惹你了！」西門慶笑道：「小淫婦兒，你知道，就好說話了。」於是一壁提著他心子，把那話拽出來，向袋中包兒裡，打開捻了些閨艷聲嬌，塗在蛙口內，頂入牝中，送了幾送。須臾，那話昂健奢稜，跳胞暴怒起來，垂首看著，往來抽拽，玩其出入之勢。那婦人在枕畔朦朧星眼，呻吟不已，沒口子叫：「大髫髫達達，你不知使了其麼行子，進去又罷了！淫婦的毴心子癢到骨髓裡去了，可憐見饒了罷。」淫婦口裡磣死的言語都叫出來，這西門慶一上手，就是三四百回，兩隻手倒按住枕席，仰身竭力，迎播掀幹，抽沒至脛，複迸至根者，又約一百餘下。婦人以帕在下，不住手搽拭牝中之津，隨拭隨出，衽席為之皆濕。西門慶行貨子，沒稜露腦，往來逗遛不已，因向婦人說道：「我要耍個老和尚撞鐘。」忽然仰身望前只一送，那話攮進去了，直抵牝屋之上。牝屋者，乃婦人托中深極處，有屋如含苞花蕊；到此處，無折男子莖首覺翕然，暢美不可言。婦人觸疼急跨其身，只聽磕碴響了一聲，把個硫黃圈子折在裏面，婦人則目瞑息，微有聲嘶，舌尖冰冷，四肢收軃，然於衽席之上矣。西門慶慌了，急解其縛，向牝中摳出硫黃圈，並勉鈴來，拆做兩截，於是把婦人扶坐。半日，星眸驚閃，蘇省過來，因向西門慶作嬌泣聲，說道：「我的達達，你今日怎的這般大惡？險不喪了奴之性命，今後再不可這般所為，不是耍處，我如今頭目森森然，莫知所之矣！」西門慶見日色已西，連忙替他披上衣裳，叫了春梅、秋菊來收拾衾枕同扶他歸房。春梅回來，看著秋菊收了吃酒的家火，才待關花園門。來昭的兒子小鐵棍兒，從花架下鑽出來趕著春梅，問姑娘要菓子吃。春梅道：「小囚兒，你在那裡來？」把了幾個李子、桃子與他，說道：「你爺醉了，還不往前邊去，只怕他看見打你！」那猴子接了菓子，一直去了。春梅關了花園門，回來房打發西門慶與婦人上床就寢。不在話下。正是

「朝隨金谷宴，暮伴絲摟娃；
休道歡娛處，流光逐暮霞。」

第五十回

琴童潛聽燕鶯歡
玳安嬉游蝴蝶巷

「天與胭脂點絳唇，東風滿面笑欣欣，
芳心自是歡情足，醉臉常含喜氣新；
傾國有情偏惱客，向陽無語笑撩人，
紅塵多少愁眉者，好入花林結近鄰。」

話說那日李嬌兒上壽，觀音庵王姑子請了蓮花庵薛姑子來了，又帶了他兩個徒弟妙鳳、妙趣。月娘聽薛師父來了，知道他是個有道行的姑子，連忙出來迎接。見他戴著清淨僧帽，披著茶褐袈裟，剃的青旋旋頭兒，生的魁肥胖大，沿口豚腮，進來與月娘眾人合掌問訊。王姑子便道：「這個就是主家大娘，與列位娘。」慌的月娘眾人，連忙磕下頭去。見他在人前，鋪眉苫眼，拏班做勢，口裡咬文嚼字，一口一聲只稱呼他薛爺。他便叫月娘是在家菩薩，或稱官人娘子。月娘甚是取重他十分。那日大妗子、楊姑娘都在這裏。月娘擺茶與他吃。整理素饌咸食、菜蔬點心，擺了一大卓子，比尋常分外不同。兩個小姑子，妙趣、妙鳳才十四、五歲，生的甚是清俊。就在他傍邊卓頭吃東西。吃了茶，都在上房內坐的。月娘、李嬌兒、孟玉樓、潘金蓮、李瓶兒、西門大姐，都聽著他講道說話。只見小廝畫童兒，前邊收下家活來。月娘便問道：「前邊那吃酒肉的和尚去了？」畫童道：「剛才起身，爹送出他去了。」吳大妗子因問：「是那裡請來的僧人？」月娘道：「是他爹今日與蔡御史送行，門外寺裡帶來的一個和尚，酒肉都吃。問他求甚麼藥方，與他銀子也不要，錢也不受。誰知他幹的甚麼營生？吃了這日，才去了。」那薛姑子聽見，便說道：「茹葷飲酒，這兩件事也難。倒還是俺這比丘尼，還有些戒行。他這漢僧們那裡管？大藏經上不說的：『如你吃他一口，到轉世過來，須還這他。』」吳大妗聽了道：「像俺們終日吃肉，卻不知轉世有多少罪業？」薛姑子道：「似老菩薩，都是前生修來的福，享榮華，受富貴。譬如五穀，你春天不種下，到那有秋之時，怎望收成？」這裡說話不題。且說西門慶送了胡僧進來，只見玳安悄悄向前說道：「頭裡韓大嬸那裡，使了他兄弟來請爹。說今日是他生日，請爹好歹過去坐坐。」西門慶得了胡僧藥，心裡正要去和婦人試驗。不想他那裡來請，正中下懷。即分付玳安備馬，使琴童先送一壜酒去。於是逕走到潘金蓮房裡，取了淫器包兒，便衣小帽，帶著眼紗，玳安跟隨，逕往王六兒家來。下馬到裡面，就分付：「留琴童兒在這裡伺候，玳安回了馬家去。等家裡問，只說我在獅子街子裡算帳哩。」玳安應諾：「小的知道！」說畢，騎馬回家去了。王六兒出來，戴著銀絲䯼髻，金累絲釵梳翠鈿兒，二珠環子，露著頭，穿著玉色紗比甲兒，夏布衫子，白腰挑線單拖裙子，與西門慶磕了頭，在傍邊陪坐。說道：「無事，請爹過來散心坐坐。又多謝爹送酒來。」西門慶道：「我忘了你生日。今日往門外送行去，才來家。」因向袖中取出一對簪兒，就來遞與他：「今日與你上壽。」婦人接過來觀看，卻是一對金壽字簪兒，說道：「倒好樣兒！」連忙道了萬福。西門慶又遞與他五錢銀子，分付：「你秤五分，交小廝有南燒酒，買他一瓶來我吃。」那王六兒笑道：「爹老人家別的酒吃厭了，想起來又要吃南燒酒了。」於是連忙稱了五分銀子，使琴童兒拏瓶買去了。王六兒一面替西門慶脫了衣裳，請入房裡坐的。親自洗手剔甲，剝果仁兒，交丫頭燉好茶，拿上來西門慶吃。在房內放小卓兒，看牌耍子，看了一回，才收拾吃酒。按下這頭不題。單表玳安回馬到家，辛苦了一日，跟和尚走了來乏困了，走到前邊屋裡，倘了一覺。直睡到掌燈時分，才醒了。揉了揉眼，見天晚了，走到後邊要燈籠，要接爹去。只顧立著。月娘因問他：「頭裡你爹打發和尚去了，也不進來換衣裳，三不知就去了。端的在誰家吃酒哩？」玳安沒的回答，說道：「爹沒往人家去，在獅子街房子裡和你哥算帳哩。」月娘道：「就是算帳，沒的算恁一日。」玳安道：「算了帳，爹自家吃酒哩。」月娘道：「又沒人陪他，他莫不平白的自家吃酒？眼見的就是兩樣話！頭裡韓道國家小廝來尋你做甚麼？」玳安道：「他來問韓大叔幾時來？」月娘罵道：「賊囚根子，你又不知弄甚麼鬼！」那玳安不敢多言。月娘交小玉拏了燈籠與他：「你說，家中你二娘等著上壽哩。」小玉一面拏了個燈籠，遞與玳安。來到前邊鋪子裡，只見書童兒和傅伙計坐著，水櫃上放著一瓶酒，兩雙鍾筯，幾個碗碟，一盤牛肚子。平安兒從外邊拏了兩瓶鮓來。正飲酒中間，只見玳安走來，把燈籠掠下，說道：「好呀！我趕著了！」因見書童兒，戲道：「好淫婦，你在這裡做甚麼？交我那裡沒尋你，你原來躲在這裡吃酒兒！」書童道：「你尋我做甚麼？心裡要與我做半日孫子兒？」玳安罵道：「秫秫小廝，你也回嘴。我尋你要合你屁股！」於是走向前，按在椅子上，就親嘴。那書童用手推開，說道：「怪行貨子！我不好罵出來的。把人牙花都磕破了。帽子都抓落了人的！」傅伙計見他帽子在地下，說道：

「新一盞燈帽兒。」叫平安兒：「你替他拾起來，只怕躧了。」被書童拏過，往炕上只一摔，把臉通紅了。玳安道：「好淫婦，我鬭了你鬭兒，你惱了？」不由分說，掀起腿把他按在炕上，盡力向他口裡吐了一口唾沫，把酒推掀了，流在水櫃上。傅伙計恐怕他濕了帳簿，連忙取手巾來抹了。說道：「管情住回，兩個頑惱了。」玳安道：「好淫婦，你今日討了誰口裡話，這等扭手扭腳？」那書童把頭髮都揉亂了，說道：「耍便耍，笑便笑。臢刺刺的屁水子，吐了人恁一口！」玳安道：「賊秫村村，你今日才吃屁，你從前已後，把屁不知吃了多少！」平安篩了一甌子酒，遞與玳安說道：「你快吃了，接爹去罷。有話回來和他說。」玳安道：「等我接了爹回來，和他答話。我不把秫秫小廝，不擺布的見神見鬼的，他也不怕我！使一些唾沫，也不是養的。我只一味乾粘！」於是吃了酒，門班房內叫了個小伴當，拏著燈籠，他便騎馬到了王六兒家。叫開門，問琴童兒：「爹在那裡？」琴童道：「爹在屋裡睡哩！」於是關上門，兩個走到後邊廚下。老馮便道：「官安見來。你韓大嬸只顧等你不見來，替你留下分兒了。」一向廚櫃裡拏了一盤驢肉，一碟臘燒雞，兩碗壽麵，一素子酒。玳安吃了一回，又讓琴童吃酒，叫道：「你過來，這酒我吃不下了，咱兩個噤了這素子酒罷！」琴童道：「留與你的，你自吃罷！」玳安道：「我剛才吃了甌了來了。」於是二人吃畢。玳安便叫道：「馮奶奶，我有句話兒說，你休惱我！想著你老人家在六娘那裡，與俺六娘當家。如今在韓大嬸這裡，又與韓大嬸當家。等我到家，看我對六娘說不對六娘說！」那老馮便向他身上拍了一下，說道：「怪倒路死猴兒，休要是言不是語！到家裡說出來，就教他惱我一生，我也不敢見他去。」這裡玳安兒和老馮說話，不想琴童走到臥房窗子底下，悄悄聽覷。原來西門慶用燒酒把胡僧藥吃了一粒下去，脫了衣裳，上床和老婆行房。坐在床沿上，打開淫器包兒，先把銀托束在根下，龜頭上使了硫黃圈子。把胡僧與他的粉紅膏子藥兒，盛在個小銀盒兒內，捏了有一厘半兒來，安放在馬眼內，登時藥性發作，那話暴怒起來，露稜跳腦，凹眼圓睜，橫筋皆見，色若紫肝，約有六七寸長，比尋常分外粗大。西門慶心中暗喜，果然胡僧此藥有些意思。婦人脫得光赤條，坐在他懷裡，一面用手籠揝，說道：「怪道你要燒酒吃，原來幹這個營生！」因問：「你是那裡討來的藥？」西門慶急把胡僧與他的藥，從頭告訴一遍。先令婦人仰臥床上，背靠雙枕，手拏那話往裡放。龜頭昂大，濡研半晌，方才進入些須，婦人淫津流溢，少頃滑落，已而僅沒龜棱。西門慶酒興頗作，淺抽深送，覺翕翕然，暢美不可言。婦人則淫心如醉，酥癱於枕上，口內呻吟不止。口口聲聲，只叫：「大髩髩達達，淫婦今日可死也。」又道：「我央及你，好歹留些工夫，在後邊耍耍。」西門慶於是把老婆倒蹶在床上，那話頂入戶中，扶其股而極力搧磞，搧磞的連聲響喨。老婆道：「達達，你好生搧打著淫婦，休要住了。再不你自家拏過燈來，照著頑耍。」西門慶於是移燈近前，令婦人在下，直舒雙足，他便騎在上面，兜其股，蹲踞而提之。老婆在下，一手揉著花心，扳其股而就之，顫聲不已。西門慶因對老婆說道：「等你家的來，我打發他和來保、崔本揚州交鹽去，交出鹽來賣了，就交他往湖州織了絲紬了，好不好？」老婆道：「好達達，隨你交他那裡，只顧去，閒著王八在家裡做甚麼？」因問：「這鋪卻交誰管？」西門慶道：「我交賁四在家，且替他買著。」王六兒道：「也罷，且交賁四看著罷！」這裡二人行房，不想都被琴童兒窗外聽了不亦樂乎。玳安正從後邊來，見他在窗下聽覷，向身上拍了一下，說道：「平白聽他怎的？趁他正未起來，咱每去來。」琴童跟出他到外邊。玳安道：「你不知，後面小胡同子里，新來了兩個好丫頭子。我頭裡騎馬打那裡過，看見了來，在魯長腿屋裡。一個金兒，一個叫賽兒，都不上十六、七歲。交小伴當在這裡看著，咱往混一回子去。」一面分付小伴當：「你在此聽著門，俺每往街上淨淨手去。等裡邊尋，你往小胡同口兒上那裡叫俺每去。」分付了，兩個月亮地里，走到小巷內。原來這條巷喚做蝴蝶巷，裡邊有十數家，都是開坊子吃衣飯的。那玳安一來也有酒了，叫門叫了半日才開。原來王八正和虔婆魯長腿，在燈下拏黃桿大等子稱銀子哩。見兩個凶神也般撞進來裡間屋裡，連忙把燈來一口吹滅了。王八認的玳安是提刑所西門老爹家管家，便讓坐。玳安道：「叫出他姐兒兩個，唱個曲兒，俺每聽，就去。」王八道：「管家你來的遲行一步兒。兩個剛才都有了人了。」這玳安不由分說，兩步就掃進裡面。只見黑洞洞，燈也不點，炕上有兩個戴白氈帽子的酒太公。一個炕上睡下，那一個才脫裹腳。便問道：「是甚麼人進屋裡來了？」玳安道：「我合你娘的眼。」不防颼的只一拳去，打的那酒子只叫著：「阿唷！」裹腳襪子也穿不上，往外飛跑。那一個在炕上扒起來，一步一跌也走了。玳安叫掌起燈來，罵道：「賊野蠻流民，他倒問我是那裡人！剛才把毛搞淨了他的才好，平白放了他去了！好不好拏到衙門裡去，且交他且試試新夾棍著！」魯長腿向前掌上燈，拜了又拜，說：「二位官家哥哥息怒，他外京人不知道，休要和他一般見識。」因令：「金兒、賽兒出來，唱與二位叔叔聽。」只見兩個都是一窩絲盤髻，穿著洗白衫兒，紅綠羅裙兒，向前道：「今日不知叔叔來，夜晚了沒曾做得准備。」一面放了四碟乾菜，其餘幾碟，都是鴨䳘蝦米，熟鲊咸魚，豬頭肉，乾板腸兒之類。玳安便摟著賽兒一處，琴童便擁著金兒。玳安看見賽兒帶著銀紅紗香袋兒，就拏袖中汗巾兒兩個換了。少頃，篩酒上來。賽兒拏鍾兒斟上酒，遞與玳安。先是金兒取過琵琶來唱，頓開喉音，就是山坡羊下來。金兒就奉酒與琴童，唱道：

「煙花寨，委實的難過。白不得清涼倒坐，逐日家迎賓待客。一家兒吃穿，全靠著奴身一個。到晚來印子房錢，逼的是我。老虔婆，他不管我死活，在門前到那更深兒夜晚，到晚來有那個問聲我飽餓？煙花寨，再往上五載三年來，奴活命的少來死命的多，不由人眼淚如梭！有英樹上開花，那是我收圓結果。」

金兒唱畢，賽兒又斟一杯酒，遞與玳安兒，接過琵琶來，唱道：

「進房來，四下觀看，我自見粉壁牆上，排著那琵琶一面。我看琵琶上塵灰兒倒有，那一只袖子裡掏出個汗巾兒來，把塵灰攤散。抱在我懷中，定了定子弦，彈了個孤恓調，淚似湧泉。有我那冤家，何等的歡喜，冤家去撇的我和琵琶一樣。有他在，同唱同彈裡來㗂！到如今，只剩下我孤單，不由人兩淚兒傷殘。物在存留，不知我人兒在那廂？」

正唱在熱鬧處，忽見小伴當來叫，二人連忙起身。玳安向賽兒說：「俺每改日再來望你。」說畢出門，來到王六兒家。西門慶才起來，老婆陪著吃酒哩。兩個進入廚房內，玳安問老馮：「爹尋俺每來？」老馮道：「你爹沒尋，只問馬來了？我回說來了，再沒言語。」兩個坐在廚下問老馮要茶吃。每人呵了一甌子茶，交小伴當點上燈籠，牽出馬去。西門慶臨起身，老婆道：「爹，好暖酒兒，你再吃上一鍾兒。你到家，莫不又吃酒？」西門慶道：「到家可不吃了。」於是拏起酒兒，又吃了一鍾。老婆問道：「你這一去，幾時來走走？」西門慶道：「我待的打發了他每起身，我才來哩。」說畢，丫頭點茶來漱了口。王六兒送到門首，西門慶方上馬歸家。卻表潘金蓮同眾人在月娘房內，聽薛姑子徒弟兩個小姑子唱佛曲兒，到起更時分，才回房來。想起頭裡月娘罵玳安說兩樣話，不知弄的甚麼鬼？因是向床上摸那淫器包兒，又沒了。叫春梅問。說：「不曾拏。頭裡娘不在時，爹進屋裡來，向床背閣抽替內，翻了一回去了。誰知道那包子放在那裡？」金蓮道：「他多咱進來，我怎就不知道？」春梅道：「娘正往後邊瞧薛姑子去了，爹帶著小帽兒進屋裡來。我問著他，又不言語。」金蓮道：「已定拏了這行貨，往院中那淫婦家去了。等他來家，我好生問他。」不想西門慶來家，見夜深了，也沒往後邊去。琴童打著燈籠，送到花園角門首，西門慶就往李瓶兒屋裡去了。琴童兒把燈籠還交送到後邊小玉收了。月娘與李嬌兒、孟玉樓、潘金蓮、李瓶兒、孫雪娥、大姐並兩個姑子，正在上房坐著。月娘問道：「你爹來了？」琴童道：「爹來了。往前邊六娘房裡去了。」月娘道：「你看是有個槽道的！這裡人等著，就不進來了。」李瓶兒慌的走到前邊，對西門慶說道：「他二娘在後邊等著你上壽，你怎的平白進我這屋裡來了？」西門慶笑道：「我醉了，明日罷。」李瓶兒道：「就是你醉了，到後邊也接個鍾兒。你不去，惹他二娘不惱麼？」

於是一力攛掇西門慶進後邊來。李嬌兒遞了酒，月娘問道：「你今日獨自一個，在那邊房子裡坐到這早晚？」西門慶道：「我和應二哥吃酒來。」月娘道：「可又來，我說沒個人兒，自家怎麼吃？」說了丟開了，就罷了。西門慶坐不移時，提起腳兒，還踅到前邊李瓶兒房裡來。原來在王六兒那裡，因吃了胡僧藥，被藥性把住了。與老婆弄聳了一日，恰好過沒曾去身子，那話越發堅硬，形如鐵杵。進房交迎春脫了衣裳，上床就要和李瓶兒睡，李瓶兒只說他不來，和官哥在床上已睡下了。回過頭來，見是他，便道：「你在後邊睡罷了，又來做甚麼？孩子才睡下了，睡的甜甜兒的，我心裡不奈煩；又身上來了，不方便。你往別人屋裡睡去不是？好來這裡纏。」被西門慶摟過脖子來，按著就親了個嘴，說道：「怪奴才，你達心裡要和你睡睡兒。」因把那話露出來，與李瓶兒瞧。諕的李瓶兒要不的，說道：「耶嚛！你怎麼弄的他這等大？」西門慶笑著告他，說吃了胡僧藥一節。「你若不和我睡，我就急死了。」李瓶兒道：「可怎樣的？我身上才來了兩日，還沒去。亦發等等著兒去了，我和你睡罷。你今日且往他五娘屋裡歇一夜兒，也是一般。」西門慶道：「我今日不知怎的，一心只要和你睡。我如今殺個雞兒，央及你央及兒，再不你交丫頭掇些水來洗洗，和我睡睡也罷了。」李瓶兒道：「我到好笑起來。你今日那裡吃了酒？吃的恁醉醉兒的來家，恁歪斯纏！我就是洗了，也不乾淨。一個老婆的月經，沾污在男子漢身上，臢剌剌的也晦氣。我到明日死了，你也只尋我。」於是乞逼勒不過，交迎春掇了水下來，澡牝乾淨，方上床與西門慶交房。可霎作怪，李瓶兒慢慢拍哄的官哥兒睡下，只剛扒過這頭來，那孩子就醒了，一連醒了三次。李瓶兒交迎春拏博浪鼓兒哄著他，抱與奶子那邊屋裡去了。這裡二人方才自在頑耍。西門慶坐在帳子里，李瓶兒便馬爬在他身邊，西門慶倒插那話入牝中。已而燈下，窺見他那話，雪白的屁股，用手抱著股，且觀其出入，那話已被吞進半截，興不可遏。李瓶兒恐怕帶出血來，不住取巾帕抹之，西門慶抽拽了一個時辰，兩手抱定他屁股，只顧揉搓那話，盡入至根，不容點毛發，臍下毳毛，皆刺其股，覺翕翕然暢美不可言。李瓶兒：「達達慢著些，頂的奴裡邊，好不疼。」西門慶道：「你既害疼，我丟了罷。」於是向卓上取過茶來，呷了一口冷茶，登時精來，一洩如注。正是：

「四體無非暢美，一團卻是陽春。」

西門慶方知胡僧有如此之妙藥。睡下時三更天氣。且說潘金蓮那邊，見西門慶在李瓶兒屋裡歇了，自知他偷去淫器包兒和他耍頑，更不體察外邊勾當。是夜暗咬銀牙，關門睡了。月娘和薛姑子、王姑子，在上房宿睡。王姑子把整治的頭男衣胞，並薛姑子的藥，悄悄遞與月娘。薛姑子教月娘揀個壬子日，用酒兒吃下去，晚夕與官人同床一次，就是胎氣，不可交一人知道。月娘連忙的將藥收了，拜謝了兩個姑子。月娘向王姑子道：「我正月裡好不等著你，就不來了。」王姑子道：「你老人家倒說的好。我正來見你老人家，我說亦發等四月裡，他二娘生日，會了薛師父，一答兒裡來罷。不想虧我這師父，好不異難，尋了這件物兒出來。也是個人家媳婦兒養頭次娃兒，可可薛爺在那裡，悄悄與了個熟老娘三錢銀子，才得了拏在這裡，替你老人家熬礬水，打磨乾淨，兩盒鴛鴦新瓦泡煉如法，用重羅篩過，攪在符藥一處，才拏來了。」月娘道：「只是多累了薛爺和王師父。」於是兩個姑子，每人拏出二兩銀子來相謝。說道：「明日若坐了胎氣，還與薛爺一疋黃褐段子，做袈裟穿。」那薛姑子合掌道了問訊：「多承菩薩好心。」常言：十日賣一擔針賣不得，一日賣一擔甲倒賣了。正是：

「若教此輩成佛道，天下僧尼似水流。」

第五十一回

月娘聽演金剛科
桂姐躲在西門宅

話說潘金蓮見西門慶拏了淫器包兒在李瓶兒房裡歇了，足惱了一夜沒睡，懷恨在心。到第二日，打聽西門慶往衙門裡去了，李瓶兒在屋裡梳頭，老早走到後邊，對月娘說：「李瓶兒背地好不說姐姐哩。說姐姐會那等，虔婆勢，喬作衙，別人生日喬作家管。你漢子吃醉了，進我屋裡來，我又不曾在前邊，平白對著人羞我望著我丟臉兒。交我惱了，走到前邊把他爹趕到後邊來。落後他怎的也不在後邊，還往我房裡來了？他兩個黑夜說了一夜梯已話兒。只有心腸五髒，沒曾倒與我罷了。」這月娘聽了，如何不惱！因向大妗子、孟玉樓說：「果是你昨日也在根前看，我又沒曾說他甚麼！小廝交燈籠進來，我只問了一聲：『你爹怎的不進來？』小廝倒說往六娘屋裡去了。我便說：『你二娘這裡等著，恁沒槽道，卻不進來。』論起來也不傷他，怎的說我虔婆勢，喬作衙？我是淫婦老婆？我還把他當好人看成，原來知人知面不知心，那裡看人去！乾淨是個綿里針，肉里刺的貨！還不知背地在漢子根前，架的甚麼舌兒哩？怪道他昨日決烈的就往前走了。傻姐姐，那怕漢子成日在你那屋裡不出門，不想我這心動一動兒。一個漢子丟與你們，隨你們去，守寡的不過！想著一娶來之時，賊強人和我門裏門外不相逢，那等怎麼過來。」大妗子在傍勸道：「姑娘罷麼，那看著孩兒的分上罷。自古宰相肚裡好行船，當家人是個惡水缸兒，好的也放在你心裡，歹的也放在心裡。」月娘道：「不拘幾時，我也要對這兩句話，等我問著他。我怎麼虔婆勢？喬作衙？」金蓮慌的沒口子說道：「姐姐寬恕他罷！常言大人不責小人過。那個小人沒罪過？他在屋裡背地調唆漢子，俺每這幾個，誰沒吃他排說過？我和他緊隔著壁兒，要與他一般見識起來，倒了不成，行動只倚逞著孩子降人！他還說的好話兒哩，說他的孩兒到明日長大了，有恩報恩，有仇報仇，俺們都是餓死的數兒，你還不知道哩！」吳大妗子道：「我的奶奶，那裡有此話說！」月娘一聲兒也沒言語。常言：路見不平，也有向燈向火。不想西門大姐平日與李瓶兒最好，常沒針線鞋面，李瓶兒不拘好綾羅緞帛，就與之。好汗巾手帕兩三方，背地與大姐；銀錢是不消說。當日聽了此話，如何不告訴他？李瓶兒正在屋裡，與孩子做那端午戴的那絨線符牌兒，及各色紗小粽子兒，並解毒艾虎兒，只見大姐走來。李瓶兒讓他坐，同看做生活。李瓶兒教迎春拏茶與你大姑娘吃，一面吃了茶。，大姐道：「頭裡請你吃茶，你怎的不來？」李瓶兒道：「打發他爹出門，我趕早涼兒，與孩子做這戴的碎生活兒來。」大姐道：「有椿事兒，我也不是舌頭，敢來告你說。學說你說俺娘虔婆勢，你沒曾惱著五娘？他在後邊對著俺娘如此這般，說了你一篇是非。如今俺娘要和你對話哩！你別要說我對你說，教他怪我，你須預備些話兒，打發他。」這李瓶兒不聽便罷，聽了此言，手中拏著那針兒，通拏不起來，兩隻胳膊都軟了，半日說不出話來。對著大姐吊眼淚，說道：「大姑娘，我那裡有一字兒閒話！昨晚我在後邊，聽見小廝說他爹往我這邊來了，我就來到前邊催他往後邊去了，再誰說一句話兒來？你娘恁覷我一場，莫不我恁，不識好歹，敢說這個話！設使我就說，對著誰說來？也有個下落。」大姐道：「他聽見俺娘說，不拘幾時要對這話，他如何就慌了？要著我，你兩個當面鑼，對面鼓的對，不是？」李瓶兒道：「我對的過他那嘴頭子？自憑天罷了！他左右晝夜算計的我。只是俺娘兒兩個，到明日科裡吃他算計了一個去，也是了當！」說畢哭了。大姐坐著，勸了一回。只見小玉來請六娘，大姑娘吃飯，就後邊去了。李瓶兒丟下針指，同大姐到後邊，也不曾吃飯，回來房中，倒在床上，就睡著了。西門慶衙門中來家，見他睡，問迎春，迎春道：「俺娘一日飯也還沒吃哩！」慌了西門慶向前問道：「你怎的不吃飯？你對我說。」又見他哭的眼紅紅的，只顧問：「你心裡怎麼的？對我說。」那李瓶兒連忙起來，揉了揉眼，說道：「我害眼疼，不怎的。今日心裡懶待吃飯。」並不題出一字兒來。正是：

「滿懷心腹事，盡在不言中。」

有詩為証：

「莫道佳人總是癡，惺惺伶俐沒便宜；

只因會盡人間事，惹得閒愁滿肚皮！」

大姐在後邊對月娘說：「我問他來，他說沒有此話。我對著誰說來？且是好不賭身罰咒，望著我哭哩。說娘這般看顧他，他肯說此話？」吳大妗子道：「我就不信，李大姐好個人兒，他原肯說這等謊？」月娘道：「想必兩個不知怎的有些小節不足，哄不動漢子，走來後邊戳無路兒，沒的拏我墊舌根。我這裡還多著個影兒哩！」大妗子道：「大姑娘，今後你也別要虧了人。不是我背他說，潘五姐一百個不及他為人；心地兒又好，來了咱家恁二三年，要一些歪樣兒也沒有。」正說著，只見琴童兒藍布大包袱背進來。月娘問：「是甚麼？」琴童道：

「是三萬鹽引。韓伙計和崔本才從關上挂了號來，爹說打發飯與他二人吃。如今兌銀子打包，後日二十一日好日子起身，打發他三個往楊州去。」吳大妗子道：「只怕姐夫進來，我和二位師父往他二娘房裡坐去罷。」剛說未畢，只見西門慶掀簾子進來，慌的吳妗子和薛姑子、王姑子，往李嬌兒屋裡走不迭。早被西門慶看見，問月娘：「那個薛姑子，賊胖禿淫婦，來我這裡做什麼？」月娘道：「你好恁枉口拔舌，不當家化化的，罵他怎的！他惹著你來？你怎的知道他姓薛？」西門慶道：「你還不知他弄的乾坤兒哩！他把陳參政家小姐，七月十五日，吊在地藏庵兒裡，和一個小伙阮三偷奸。不想那阮三就死在女子身上，他知情受了三兩銀子。事發拏到衙門裡，被我褪衣打了二十板，教他嫁漢子還俗。他怎的還不還俗？好不好拏到衙門裡，再與他幾拶子！」月娘道：「你有要沒緊，恁毀神謗佛的？他一個佛家弟子，想必善根還在。他平白還甚麼俗？你還不知，他好不有德行！」西門慶道：「你問他有道行，一夜接幾個漢子？」月娘道：「你就休汗邪，又討我那沒好口的罵你！」因問：「幾時打發他三個起身？」西門慶道：「我剛才使來保會喬親家去了。他那裡出五百兩，我這裡出五百兩。二十是個好日子，打發他每起身去罷了。」月娘道：「線鋪子卻交誰開？」西門慶道：「且交賁四替他開著罷。」說畢，月娘開箱子拏出銀子，一面兌了出來，交付與三人。正在卷棚內看著打包，每人兌與他五兩銀子，交他家中收拾衣裝行李，不在話下。只見應伯爵走到卷棚里，見西門慶看著打包，便問：「哥打包做甚麼？」西門慶因把二十日打發來保等往楊州支鹽去一節，告訴一遍。伯爵舉手道：「哥恭喜！此去回來，必有大利息。」西門慶一面讓他坐，喚茶來吃了。因問：「李三、黃四銀子幾時關？」應伯爵道：「也只不出這個月裡，就關出來了。他昨日對我說，如今東平府又派下二萬香來了，還要問你挪五百兩銀子，接濟他這一時之急。如今關出這批的銀子，一分也不動，都抬過這邊來。」西門慶道：「到是你看見我這裡，打發楊州去，還沒銀子，問喬親家那裡，借了五百兩在裡頭。那討銀子來？」伯爵道：「他再三央及將我對你說，一客不煩二主。你不接濟他這一步兒，交他又問那裡借去？」那西門慶道：「門外街東徐四鋪少我銀子，我那裡挪五百兩銀子與他罷。」伯爵道：「可知好哩？」正說著，只見平安兒拏進帖兒來，說：「夏老爹家差了夏壽，道請爹明日坐坐。」西門慶展開柬帖云云。伯爵道：「我今敢來有樁事兒來報與哥。你知道院裡李桂兒勾當？他沒來？」西門慶道：「他從正月去了，再幾時來？我並不知道甚麼勾當！」伯爵因說起：「王招宣府里第三的，原來是東京六黃太尉侄女兒女婿，從正月往東京拜年，老公公賞了一千兩銀子與他兩口兒過節。你還不知六黃太尉這侄女兒，生的怎麼標致，上畫兒委的只畫半邊兒，也有恁俊俏相的！你只守著你家裡的罷了。每日被老孫、祝麻子、小張閒；三四個摽著在院裡撞，把二條庵齊家那小丫頭子齊香兒梳籠了，又在李桂兒家走。把他娘子兒的頭面都拏出來當了，氣的他娘子兒家裡上吊。不想前日這月裡老公公生日，他娘子兒到東京，只一說，老公公惱了，將這幾個人的名字送與朱太尉。朱太尉批行東平府，著落本縣拏人。昨日把老孫、祝麻子與小張閒，都從李桂兒家拏的去了。李桂兒便躲在隔壁朱毛頭家過了一夜。今日說來你這裡，央及你來了。」西門慶道：「我說正月裡都摽著他走，這裡誆人家銀子，那裡誆人家銀子，那祝麻子還對著我搗生鬼！」說畢，伯爵道：「我去罷，等住回，只怕李桂兒來，你管他不管他？他又說我來串作你。」西門慶道：「你且坐著，我還和你說哩。李三你且別要許他，等我門外討銀子出來，和你說話去。」伯爵道：「我曉的。」剛走出大門首，只見李桂姐轎子在門首，又早下轎進去了。西門慶正分付陳經濟，交他騎騾子往門外徐四家催銀子去。只見琴童兒走到卷棚內，請西門慶道：「大娘後邊請，有李桂姨來了。」這西門慶走到後邊，只見李桂姐身穿茶色衣裳，也不搽臉，用白挑線汗子搭著頭，雲鬢不整，花容淹淡，與西門慶磕著頭，哭起來說道：「爹可怎麼樣兒的？恁造化低的營生！正是關著門兒家裡坐，禍從天上來！一個王三官兒，俺每又不認的他，平日的祝麻子、孫寡嘴領了來俺家來討茶吃。

俺姐姐又不在家，依著我說別要招惹他那些兒不是？俺這媽越發老的韶刀了。就是來宅裡與俺姑娘做生日的這一日，你上轎來了就是了，見祝麻子打旋磨兒跟著，從新又回去。對我說，姐姐，你不出去待他鍾茶兒，卻不難為嚚了人了。他便生爺這裡來了，交我把門插了不出來。誰想從外邊撞了一伙人來，把他三個，不由分說都拏的去了。王三官兒便奪門走了，我便走在隔壁人家躲了，家裡有個人牙兒？才使保兒來這裡接的你家去。到家把媽諕的魂兒也沒了，只要尋死。今日縣裡皂隸，又拏著票喝囉了一清早起去了。如今坐名兒，只要我往東京回話去。爹，你老人家不可憐見救救兒，卻怎麼樣兒的？娘在傍邊也替我說說兒。」西門慶笑道：「你起來。」因問：「票上還有誰的名字？」桂姐道：「還有齊香兒的名字，他梳籠了齊香兒，在他家使錢著，便該當。俺家若見了他一個錢兒，就把眼睛珠子吊了！若是沾他沾身子兒，一個毛孔兒裡生一個天皰瘡！」月娘對西門慶道：「也罷，省的他恁說誓剌剌的，你替他說說罷。」西門慶道：「如今齊香兒拏了不曾？」桂姐道：「齊香兒他在王皇親宅裡躲著裏。」西門慶道：「既是恁的，你且在我這裡住兩日。倘人來尋你，我就差人往縣裡替你說去。」於是就叫書童兒：「你快寫個帖兒，往縣裡見你李老爹，就說桂姐常在我這裡答應，看怎的免提他罷。」書童應諾，穿青絹衣服去了。不一時，拏了李知縣回帖兒來。書童道：「李老爹多上覆你老爹，別的事無不領命，這個卻是東京上司行下來批文，委本縣拏人；縣裡只拘的人在。既是你老爹分上，我這裡且寬限他兩日。要免提，還往東京上司處說去。」西門慶聽了，只顧沉吟，說道：「如今來保一兩日起身，東京沒人去。」月娘道：「也罷，你打發他兩個先去，存下來保，替桂姐往東京說了這勾當，交他隨後邊趕了去，也是不遲。你看謊的他那腔兒！」那桂姐連忙與月娘和西門慶磕頭。西門慶隨使人叫將來保來，分付：「二十日你且不去罷，交他兩個先去。你明日且往東京替桂姐說這勾當來，見你翟爹，如此這般好歹差人往衛裡說說。」桂姐連忙就與來保下禮。慌的來保頂頭相退，說道：「桂姨，我就去。」西門慶一面交書童兒寫就一封書，致謝翟管家：「前日曾巡按之事，其是費心。」又封了二十兩折節禮銀子，連書交與來保。桂姐便歡喜了。拏出五兩銀子來，與來保路上做盤纏，說道：「相來俺媽還重謝保哥。」西門慶不肯，還交桂姐收了銀子。交月娘另拏五兩銀子與來保盤纏。桂姐道：「也沒這個道理！我央及爹這裡說人情，又交爹出盤纏。」西門慶道：「你笑嘩我沒這五兩銀子盤纏了，要你的銀子？」那桂姐方才收了。向來保拜了又拜，說道：「累保哥，明日好歹起身罷，只怕遲了。」來保道：「我明日早五更就走道兒了。」於是領了書信，又走到獅子街韓道國家。王六兒正在屋裡，替他縫小衣兒哩，打窗眼看見是來保，忙道：「你有甚說話？請房裡坐。他不在家，往裁縫那裡討衣裳去了，便來也。」便叫錦兒：「還不往對過徐裁家叫你爹去？你說保大爺在這裡。」來保道：「我敢來說聲，我明日且去不成，又有椿業障鑽出來。當家的留下，交我往東京替院裡李桂姐說人情去哩。他剛才在爹根前再三磕頭禮拜，央及我。娘和爹說：『也罷，你且替他往東京走一遭，說說這勾當。且交韓伙計和崔大官兒先去。你回來再趕了去，也是不遲。』我明日早起身了，剛才書也有了。」因問：「嫂子，你做的是甚麼？」王六兒道：「是他的小衣裳兒。」來保道：「你交他少帶衣裳。到那去處，是出紗羅緞絹的窩兒里，愁沒衣裳穿？」正說著，韓道國來了，兩個唱了喏，因把前事說了一遍。因說：「我到明日，楊州那裡尋你們？」韓道國道：「老爹分付，交俺每馬頭上投經紀王伯儒店裡下。說過世老爹，曾和他父親相交，他店內房屋寬廣，下的客商多，放財物不耽心。你只往那裡尋俺每就是了。」又說：「嫂子，我明日東京去，你沒甚鞋腳東西稍進府裡，與你大姐去？」王六兒道：「沒甚麼，只有他爹替他打的兩對簪兒，並他兩雙鞋，起動保叔稍稍進去與他。」於是用手帕包縫停當，遞與來保。一面交春香看菜兒篩酒，婦人連忙丟下生活，就放卓兒。來保道：「嫂子，你休費心，我不坐。我到家還收拾了褡褳，明日好起身。」王六兒笑嘻嘻道：「耶嚛！你怎的上門怪人家！伙計家，自俵與你餞行，也該吃鍾兒。」因說韓道國：「你好老實，卓兒不穩，你也撒撒兒讓保叔坐，只相沒事的人兒一般兒！」於是拿上菜兒來，斟酒遞來保。王六兒也陪在傍邊。三人坐定吃酒。來保吃了幾鍾，說道：「我家去罷。晚了，只怕家裡關門早。」韓道國問道：「你頭口顧不了不曾？」來保道：「明日早顧罷了。說：「鋪子里鑰匙並帳簿，都交與賁四罷了，省的你又上宿去。家裡歇息歇息，好走路兒。」韓道國道：「伙計說的是。我明日就交與他。」王六兒又斟了一甌子，說道：「保叔，你只吃這一鍾，我也不敢留你了。」來保道：「嫂子，你既要我吃，再篩熱著些。」那王六兒連忙歸到壺裡，交錦兒炮熱了，傾在盞內，雙手遞與來保，說道：「沒甚好菜兒與保叔下酒。」來保道：「嫂子好說，家無常禮。」拏起酒來，與婦人對飲。一吸而同乾，方才作辭起身。王六兒便把女兒鞋腳遞與他，說道：「累保叔好歹到府裡問聲孩子好不好，我放心些。」於是道了萬福，兩口兒齊送出門來。不說來保到家收拾行李，第二日起身東京去了，不題。單表月娘上房擺茶與桂姐吃。吳大妗子、楊姑娘，兩個姑子，都做一處坐。有吳大舅前來對西門慶說：「有東平府行下文書來，派俺本衛兩所掌印千戶管工修理社倉，題准旨意，限六月工完，升一級；違限，聽巡按御史查參。姐夫有銀子，借得幾兩工上使用。待關出工價來，一一奉還。」西門慶道：「大舅用多少，只顧拏去。」吳大舅道：「姐夫下顧，與二十兩罷。」一面進入後邊，見了月娘說了話，交月娘拏二十兩出來交與大舅，又吃了茶出來。因後邊有堂客，不好坐的，交西門慶留大舅大廳上吃酒。正飲酒中間，只見陳經濟走來回話，說：「門外徐四家銀子，頂上爹，再讓兩日兒。」西門慶道：「胡說，我這裡用銀子使，再讓兩日兒！照舊還去罵那狗第子孩兒？」經濟應諾。吳大舅讓姐夫坐的，陳經濟作了揖，打横坐了。琴童兒連忙安放了鍾筯，這裡前邊吃酒。且說後邊大妗子、楊姑娘、李嬌兒、孟玉樓、潘金蓮、李瓶兒、大姐，都伴桂姐在月娘房裡吃酒。先是鬱大姐數了回張生游寶塔，放下琵琶。孟玉樓在傍斟酒，哺菜兒與他吃，說道：「賊瞎賤磨的！唱了這一日，又說我不疼你。」那潘金蓮又大筯子夾腿肉，放在他鼻子上，戲弄他頑耍。桂姐因叫：「玉簫姐，你遞過那鬱大姐琵琶來，我唱個曲兒與姑奶奶和大妗子聽。」月娘道：「桂姐，你心裡熱剌剌的，不唱罷。」桂姐道：「不妨事，等我唱。見爹娘替我說人情去了，我這回不焦了。」孟玉樓笑道：「李桂姐，倒還是院中人家娃娃，做臉兒快，頭裡一來時，把眉頭忔縐著，焦的茶兒也吃不下去。這回說也有，笑也有。」當下桂姐輕舒玉指，頓撥冰弦，唱了一回。正唱著，只見琴童兒收進家活來。月娘便問道：「你大舅去了？」琴童兒道：「大舅去了。」吳大妗道：「只怕姐夫進來，俺每活變活變兒。」琴童道：「爹不往後邊來，往五娘房裡去了。」這潘金蓮聽見往他屋裡去了，就坐不住；趨趄著腳兒只要走，又不好走的。月娘也不等他動身，說道：「他往你屋裡去了，你去罷，省的你欠肚兒親家是的！」那潘金蓮嚷：「可可兒的走來！」口兒的硬著，那腳步兒且是去的快。來到前邊入房來，西門慶已是吃了胡僧藥，交春梅脫了衣裳，在床上帳子裡坐著哩。金蓮看見笑道：「我的兒，今日好呀！不等你娘來就上床了。俺每剛才在後邊，陪大妗子、楊姑娘吃酒，被李桂姐唱著，灌了我幾鍾好的！獨自一個兒，黑影子裡，一步高，一步低，不知怎的就走的來了。」叫春梅：「你有茶，倒甌子我吃。」那春梅真個點了茶來。金蓮吃了，撇了個嘴與春梅，那時春梅就知其意，那邊屋早早已替他熱下水。婦人抖些檀香白礬在裡面，洗了牝。向燈下摘了頭，止撇著一根金簪子。拏過鏡子來，從新把嘴唇抹了些胭脂，口中噙著香茶　，走過這邊來。春梅床頭上取過睡鞋來，與他換了，帶上房門出來。這婦人便將燈台挪近床邊桌上放著，一手放下半邊紗帳子來。褪去紅褌，露見玉體。西門慶坐在枕頭上，那話帶著兩個托子，一位弄的大大的，露出來與他瞧。婦人燈下看見，諕了一跳，一手揝不過來，紫巍巍，沉甸甸，約有虎二。便眤瞅了西門慶一眼，說道：「我猜你沒別的話，已定吃了那和尚藥，弄聳的恁般大，一位要來奈何老娘。好酒好肉，王里長吃的去。你在誰人跟前試了新，這回剩了些殘軍敗將，才來我屋這裡來了？俺每是雌剩髩髩的，你還說不偏心哩！嗔道那一日我不在屋裡，三不知把那行貨包子偷的往他屋裡去了。原來晚夕和他幹這個營生，他還對著人撇清搗鬼哩！你這行貨子，乾淨是個沒挽和的三寸貨。想起來，一百年不理你才好！」西門慶笑道：「小淫婦兒！你過來。你若有本事把他咂過了，我輸一兩銀子與你。」婦人道：「汗邪了你了，你吃了甚麼行貨子，我禁的過他！」於是把身子斜躺在衽席之上，雙手執定那話，用朱唇吞裹，說道：「好大行貨子，把人的口也撐的生疼的。」說畢，出入嗚咂，或舌尖挑弄蛙口，舐其龜弦，或用口噙著，往來哺摔，或在粉臉上偎幌，百般搏弄，那話越發堅硬，搊崛起來，裂瓜頭，凹眼圓睜，落腮胡，挺身直豎。西門慶垂首窺見婦人香肌，掩映於紗帳之內，纖手捧定毛都魯那話，往口裡吞放。燈下一往一來動彈。不想傍邊蹲踞著一個白獅子貓兒，看見動彈，不知當做甚物件兒，撲向前用爪兒來撾，這西門慶在上，又將手中拏的灑金老鴉扇兒，只顧引鬬他耍子。被婦人奪過扇子來，把貓盡力打了一扇把子，打出帳子外去了。眤向西門慶道：「怪發訕的冤家緊著這扎扎的不得人意，又引鬬他恁上頭上臉的。一時間撾了人臉，卻怎樣的？好不好我就不幹這營生了。」西門慶道：「怪小淫婦兒！會張致死了？」婦人道：「你怎的不交李瓶兒替你咂來？我這屋裡盡著交你掇弄，不知吃了甚麼行貨子，咂了這一日，亦發咂了沒事沒事。」西門慶於是向汗巾兒上，小銀盒兒里，用挑牙挑了些粉紅膏子藥兒，抹在馬口內。仰臥於上，交婦人騎在身上，婦人道：「等我〈手扉〉著，你往裡放。龜頭昂大，濡研半晌，僅沒龜稜，婦人在上，將身左右捱擦，似有不勝隱忍之態。因叫道：「親達達，裡邊緊澀住了，好不難捱。」一面用手摸之，燈下窺見麈柄，已被牝戶吞進半截，撐的兩邊皆滿，無複作往來。婦人用唾津，塗抹牝戶兩邊，已而稍寬滑落，頗作往來，一舉一坐，漸沒至根。婦人因向西門慶說：「你每常使的顫聲嬌在裡頭，只是一味熱癢不可當，怎如和尚這藥使進去，從子宮冷森森，直掣到心上，這一回把渾身上下都酥麻了。我曉的今日之命，死在你手裡了，好難捱忍也！西門慶笑道：「五兒，我有個笑話兒，說與你聽。是應二哥說的，一個人死了，閻王就拏驢皮披在身上，交他變驢。落後判官查簿籍，還有他十三年陽壽，又放回來了。他老婆看見渾身都變過來了，只有陽物還是驢的，未變過來。那人道：『我往陰間換去。』他老婆慌了，說道：『我的哥哥，你這一去，只怕不放你回來怎了？由他，等我慢慢兒的挨罷。』婦人聽了，笑將扇把子打了一下子，說道：「怪不得應花子的二老婆捱慣了驢的行貨，碜說嘴的貨，我不看世界，這一下打的你！」兩個足纏了一個更次，西門慶精還不過，他在下合著眼，由著婦人蹲踞在上，極力抽提。提的龜頭刮答刮答怪響，提勾良久，又吊過身子去，朝向西門慶，西門慶雙足舉其股，沒稜露腦而提之，往來甚急。西門慶雖身接目視，而猶如無物，良久婦人情極，轉過身子來，兩手摟定西門慶脖項，合伏在身上，舒舌頭在他口裡，那話直抵牝中，只顧揉搓，沒口子叫：「親達達，罷了！五兒的死了。」須臾一陣昏迷，舌尖冰冷，洩訖一度。西門慶覺牝中一股熱氣，直透丹田，心中翕翕然美快，不可言也。已而淫津溢出，婦人以帕抹之，兩個相摟相抱，交頭迭股，嗚咂其舌，那話通不拽出來，睡時沒半個時辰，婦人淫情未定，扒上身去，兩個又幹起來。婦人一連丟了兩遭，身子亦覺稍倦。西門慶只是佯佯不睬，暗想胡僧之藥通神。看看窗外雞鳴，東方漸白。婦人道：「我的心肝，你不過卻怎樣的？到晚夕你再來，等我好歹替你咂過了罷。」西門慶道：「就咂也不得過，管情只一樁事兒就過了。」婦人道：「告我說是那一樁兒？」西門慶道：「法不傳六，再得我晚夕來對你說。」早晨起來梳洗，春梅打發穿上衣裳，韓道國、崔本又早外邊伺候。西門慶出來燒了紙，打發起身，交付二人兩封書。一封到楊州馬頭上，投王伯儒店裡下；這一封就往楊州城內，抓尋苗青問他的事情下落，快來回報我。如銀子不勾，我後邊再交來保稍去。崔本道：「還有蔡老爹書沒有？」西門慶道：「你蔡老爹書還不曾寫，交來保後邊稍了去罷。」二人拜辭，上頭口去了，不在話下。西門慶冠帶了，就往衙門中來，與夏提刑相會，道及日昨多承見招之意。夏提刑道：「今日奉屈長官佳敘，再無他客。」發放已畢，各分散來家。吳月娘又早上房擺下菜蔬，請西門慶吃粥，只見一個穿青衣皂隸，騎著快馬，夾著氈包，走的滿面汗流，到大門首問平安：「此是提刑西門老爹家？」平安道：「你是那裡來的？」那人疾便下了馬作揖，便說：「我是督催皇木的安老爹先差來送禮與老爹。俺老爹與管磚廠黃老爹，如今都往東平府胡老爹那裡吃酒，順便先來拜老爹，這裡看老爹在家不在？」平安道：「有帖兒沒有？」那人向氈包內取出，連禮物都遞與平安。平安拏進去，與西門慶看見禮帖上寫著：浙紬二端，湖綿四斤，香帶一束，古鏡一圓。分付包五錢銀子，拏回帖打發來人：「就說在家拱候老爹！」那人急急去了。西門慶一面家中預備酒菜，等至日中，二位官員喝道而至。此日乘轎張蓋甚盛。先令人投拜帖，一個是「侍生安忱拜」，一個是「侍生黃葆光拜」。都是青雲白鷳補子，烏紗皂履，下轎揖讓而入。西門慶出大門迎接，至廳上敘禮。各道契闊之情，分賓主坐下。黃主事居左，安主事居右，西門慶主位相陪。先是黃主事舉手道：「久仰賢名，盛德芳譽，學生拜遲。」西門慶道：「不敢。辱承老先生先事枉駕，當容踵叩。敢問尊號？」安主事道：「黃年兄號泰宇，取『履泰定而發天光』之意。」黃主事道：「敢問尊號？」西門慶道：「學生賤號四泉，因小莊有四眼井之說。」安主事道：

「昨日會見蔡年兄，說他與宋松原都在尊府打攪。」西門慶道：「因承雲峰尊命，又是敝邑公祖，敢不奉迎？小價在京，已知鳳翁榮選，未得躬賀。」又問：「幾時家中起身來？」安主事道：「自去歲尊府別後，學生到家續了親。過了年，正月就來京了。選在工部備員主事。欽差督運皇木，前往荊州。向來道經此處，敢不奉謁？」西門慶又說：「盛儀感謝不盡。」說畢，因請寬衣，令左右安放卓席。黃主事就要起身。安主事道：「實告，我與黃年兄如今還往東平胡大尹那裡赴席。因打尊府過，敢不奉謁？容日再來取擾。」西門慶道：「就是往胡公處，去路尚許遠。縱二公不餓，其如從者何？學生不敢具酌，只備一飯在此，以犒手下從者。」於是先打發轎上攢盤。廳上安放卓席，珍羞異品，極時之盛。就是湯飯點心，海鮮美味，一齊上來。西門慶將小金鍾只奉了三杯，連卓兒抬下去，管待親隨家人、吏典。少頃，兩位官人拜辭起身，向西門慶道：「生輩明日有一小柬到，奉屈賢公到我這黃年兄同僚劉老太監莊上一敘，未審肯命駕否？」西門慶道：「既蒙寵招，敢不趨命！」說畢，送出大門，上轎而去。只見夏提刑差人來邀。西門慶說道：「我就去。」一面分付備馬，走到後邊，換了衣服出來上馬。玳安、琴童跟隨，排軍喝道，打著黑扇，逕往夏提刑家來。到廳上，敘禮，說道：「適有工部督皇木安主政和磚廠黃主政來拜，留坐了半日，去了。不然，也來的早。」

見畢禮數，接了衣服下來。玳安叫排軍褶了，連帶放在氈包內。見廳上面設放兩張卓席，讓西門慶居左，其次就是西賓倪秀才。座間因敘起來，問道：「老先生尊號？」倪秀才道：「學生賤名倪鵬，字時遠，號桂岩，見在府庠備數。在我這東主夏老先生門下，設館教習賢郎大先生舉業，友道之間，實有多愧。」說話間，兩個小優兒上來磕頭。吃罷湯飯，廚役上來割道。西門慶喚玳安，拏賞賜賞了廚役，分付：「取巾來戴，把冠帶衣服，送回家去，晚上來接罷。」玳安應諾，吃了點心，回馬家來不題。且說潘金蓮從打發西門慶出來，直睡到晌午才扒起來。甫能起來，又懶待梳頭，恐怕道後邊人說他。月娘請他吃飯，也不吃，只推不好。大後晌才出房門，來到後邊。月娘因西門慶不在，要聽薛姑子講說佛法，演頌金剛科儀。正在明間內，安放一張經卓兒，焚下香。薛姑子與王姑子兩個一對坐，妙趣、妙鳳兩個徒弟，立在兩邊，接念佛號。大妗子、楊姑娘、吳月娘、李嬌兒、孟玉樓、潘金蓮、李瓶兒、孫雪娥和李桂姐，一個不少，都在跟前，圍著他坐的，聽他演誦。先是薛姑子道：

「蓋聞電光易滅，石火難消。落花無還樹之期，逝水絕歸源之路。畫堂繡閣，命盡有若長空；極品高官，祿絕猶如作夢。黃金白玉，空為禍患之資；紅粉輕衣，總是塵勞之費。妻孥無百載之歡，黑暗有千重之苦。一朝枕上，命掩黃泉。空榜楊虛假之名，黃土埋不堅之骨，田園百頃，其中被兒女爭奪；綾錦千廂，死後無寸絲之分。青春未半，而白髮來侵；賀者才聞，而吊者隨至。苦苦苦，氣化清風塵歸土！點點輪回喚不回，改頭換面無遍數。」

「南無盡虛空遍法界，過見未來佛法僧三寶。」

「無上甚深微妙法，百千萬劫難遭遇，

我今見聞得受持，願解如來真實義！」

王姑子道：「當時釋伽牟尼佛，乃諸佛之祖，釋教之主。如何出家？願聽演說。」薛姑子便唱五供養：

「釋伽佛，梵王子，舍了江山雪山去。割肉喂鷹鵲巢頂，只修的九龍吐水混金身。才成南無大乘大覺釋伽尊。」

王姑子又道：「釋伽佛，既聽演說。當日觀音菩薩如何修行？才有莊嚴百化身，有天道力，願聽其說。」薛姑子又道：

「大莊嚴，妙善主，辭別皇宮香山住。天人送供跏趺坐，只修的五十三參變化身，才成南無救苦救難觀世音。」

王姑子道：「觀音菩薩，既聽其法。昔日有六祖禪師，傳燈佛，教化行西域，東歸不立文字。

如何苦功，願聽其詳！」薛姑子道：

「達磨師，盧六祖，九年面壁功行苦，盧芽穿膝伏龍虎，只修的只履折盧任往來，才成了南無大慈大願昆盧佛。」

王姑子道：「六祖傳燈，既聞其詳。敢問昔日有個龐居士，舍家私送窮船歸海，以成正果。如何說？」薛姑子道：

「龐居士善知識，放債來生濟貧苦。驢馬夜間私相居。只修的拋妻棄子上法船，才成了南無妙乘妙法伽藍耶。」

月娘正聽到熱鬧處，只見平安兒慌慌張張走來，說道：「巡按宋爺家，差了兩個快手，一個門子送禮來。」月娘慌了，說道：「你爹往夏家吃酒去了，誰人打發他？」正亂著，只見玳安兒放進氈包來，說道：「不打緊，等我拏帖兒，對爹說去。交姐夫且讓那門子進來，管待他些酒飯兒著。」這玳安交下氈包，拏著帖子，騎馬雲飛般走到夏提刑家，如此這般說了：「巡按宋老爺送禮來。」西門慶看了帖子，上面寫著：鮮豬一口，金酒二尊，公紙四刀，小書一部。下書「侍生宋喬年拜」。連忙分付：「到家書童快拏我的官銜雙折手本回去。門子答賞他三兩銀子，兩方手帕，抬盒的每人與他五錢。」玳安來家，到處尋書童兒，那裡得來？

急的只游回磨轉。陳經濟又不在，交傅伙計陪著人吃酒。玳安旋打後邊樓房裡討了手帕銀子出來，又沒人封，自家在櫃上彌封停當，交傅伙計寫了大小三包。因向平安兒道：「你就不知往那去了？」平安道：「頭裡姐夫在家時，他還在家來。落後姐夫往門外討銀子去了，他也不見了！」玳安道：「別要題，已定秫秫小廝在外邊胡行亂走的，養老婆去了！」正在急躁之門，只見陳經濟與書童兩個，迭騎著騾子才來，被玳安罵了幾句，交他寫了官御手本，打發送禮人去了。玳安道：「賊秫小廝，仰〈手扉〉著掙了，合蓬著去。爹不在，家裡不看，跟著人養老婆去了！爹又沒使你和姐夫門外討銀子，你平白跟了去做甚麼？看我對爹說不說！」書童道：「你說不是，我怕你？你不說，就是我的兒！」玳安道：「賊狗攮的秫秫小廝，你賭幾個真個！」走向前，一個潑腳撇翻倒，兩個就石骨碌成一塊子。那玳安得手，吐了他一口唾沫才罷了。說道：「我接爹去。等我來家，和淫婦算帳！」騎馬一直去了。月娘在後邊，打發兩個姑子吃了些茶食兒，又聽他唱佛曲兒，宣念偈子兒。那潘金蓮不住在傍，先拉玉樓不動，又扯李瓶兒，又怕月娘說。月娘便道：「李大姐，他叫你，你和他去不是，省的急的他在這裡，恁有刮劃沒是處的！」那李瓶兒方才同他出來。被月娘瞅了一眼，說道：「拔了蘿卜地皮寬，交他去了，省的他在這裏，跑兔子一般，原不是那聽佛法的人！」這潘金蓮拉著李瓶兒走出儀門，因說道：「大姐姐好幹這營生！你家又不死人，平白交姑子家中宣起卷來了！都在那裡圍著他怎的？咱每出來走走，就看看大姐在屋裡做甚麼哩！」於是一直走出大廳。只見廂房內點著燈，大姐和經濟正在裡面絮聒，說不見了銀子了。被金蓮向窗櫺上打了一下，說道：「後面不去聽佛曲兒，兩口子且在房裡拌的甚麼嘴兒？」陳經濟出來，看見二人。說道：「早是我沒曾罵出來！原來是五娘、六娘來了。請進來坐。」金蓮道：「你好膽子，罵不是？」進來，見大姐正在燈下納鞋，說道：「這咱晚熱刺刺的，還納鞋？」因問：「你兩口子嚷的是些甚麼？」陳經濟道：「你問他！爹使我門外討銀子去。他與了我三錢銀了，就交我替他稍銷金汗巾子來。不想到那裡，袖子裡摸銀子沒了，不曾稍得來。來家他說我那裡養老婆，和我嚷罵我這一日，急的我賭身發咒。不想丫頭掃地，地下拾起來。他把銀子收了不與，還交我明日買汗巾子來。你二位老人家說，卻是誰的不是？」那大姐便罵道：「賊囚根子，別要說嘴！你不養老婆，平白帶了書童兒去做甚麼？剛才交玳安甚麼不罵出來。想必兩個打伙兒養老婆去來，去到這咱晚才來！你討的銀子在那裡？」金蓮問道：「有了銀子不曾？」大姐道：「有了銀子。剛才丫頭地下掃地拾起來，我拏著哩。」金蓮道：「不打緊處，我與你銀子，明日也替我帶兩方銷金汗巾子來。」李瓶兒便問：「姐夫，門外有買銷金汗巾兒，也稍幾方兒與我。」經濟道：「門外手帕巷有名王家，專一發賣各色改樣銷金點翠手帕汗巾兒，隨你問多少也有。你老人家要甚顏色？銷甚花樣？早說與我，明日一齊都替你帶來了。」李瓶兒道：「我要一方老金黃銷金，點翠穿花鳳汗巾。」經濟道：「六娘，老金黃銷上金，不顯。」李瓶兒道：「你別要管我，我還要一方銀紅綾銷江牙海水嵌八寶汗巾兒；又是一方閃色，是麻花銷金汗巾兒。」經濟便道：「五娘，你老人家要甚花樣？」金蓮道：「我沒銀子，只要兩方兒勾了。要一方玉色綾瑣子地兒銷金汗兒。經濟道：「你又不是老人家，白剌剌的，要他做甚麼？」金蓮道：「你管他怎的？戴不的，等我往後吃孝戴！」經濟道：「那一方要甚顏色？」金蓮道：「那一方，我要嬌滴滴紫葡萄顏色四川綾汗巾兒，上銷金間點翠，十樣錦，同心結，方勝地兒，一個方勝兒裡面一對兒喜相逢，兩邊欄子兒都是瓔珞出珠碎八寶兒。」經濟聽了，說道：「耶嚛！耶嚛再沒了。賣瓜子兒開廂子打嚏噴，瑣碎一大堆！」那金蓮道：「怪短命，有錢買了稱心貨，隨各人心裡所好，你管他怎的？」李瓶兒便向荷包里拏出一塊銀子兒，遞與經濟，說：「連你五娘的，都在裡頭哩。」那金蓮搖著頭兒，說道：「等我與他罷。」李瓶兒道：「都是一答兒哩，交姐夫稍來的，又起個窨兒？」經濟道：「就是連五娘的，這銀子還多著哩。」一面取等子稱了，一兩九錢。李瓶兒道：「剩下的，就與大姑娘稍兩方來。」那大姐連忙道了萬福。金蓮道：「你六娘替大姐買了汗巾兒，把那三錢銀子拏出來，你兩口兒鬭葉兒，賭了東道兒罷。少便叫你六娘貼些出來兒，明日等你爺不在了，買燒鴨子、白酒咱每吃。」經濟道：「既是五娘說，拏出來。」大姐遞與金蓮，金蓮交付與李瓶兒收著。拏出紙牌來，燈下大姐與經濟鬭。金蓮又在傍替大姐指點，登時贏了經濟三卓。忽聽前邊打門，西門慶來家，金蓮與李瓶兒才回房去了。經濟出來迎接西門慶回來話，說：「徐四家銀子，後日先送二百五十兩來，餘者出月交還。」西門慶罵了幾句，酒帶半酣，也不到後邊，逕往金蓮房裡來。正是：

「自有內事迎郎意，何怕明朝花不云。」

第七十七回

西門慶踏雪訪鄭月
賁四嫂倚牖盼佳期

「飛彈參差拂早梅，強欺寒色尚低回，
風憐落娼留香與，月令深情借艷開；
梁殿得非肖帝瑞，齊宮應是玉兒媒，
不知謝客離腸醒，臨水應添萬恨來。」

話說溫秀才求見西門慶不得，自知慚愧，隨攜家小搬移原舊家去了。西門慶收拾書院，做了客座，不在話下。一日尚舉人來拜辭，起身上京會試，問西門慶借皮箱氈衫。西門慶陪他坐的待茶，又送贐禮與他。因說起：「喬大戶、雲離守兩位舍親，一授義官，一襲祖職，見任管事。欲求兩篇軸文奉賀，不知老翁可有相知否？借重一言，學生具幣禮拜求。」尚舉人笑道：「老翁何用禮為？學生敝同窗聶兩湖，見在武庫肄業，與小兒為師在舍，本領雜作極富。學生就與他說，老翁差盛使持軸，送到學生那邊。」西門慶連忙致謝，茶畢起身。西門慶這裡隨即封了兩方手帕、五錢白金，差琴童送軸子並氈杉皮箱到尚舉人處收下。那消兩日光景，寫成軸文，差人送來。西門慶挂在壁上，但見青段錦軸，金字輝煌，文不加點，心中大喜。只見應伯爵來問：「喬大戶與雲二哥的事，幾時舉行？軸文做了不曾？溫老先兒怎的連日不見？」西門慶道：「又題甚麼溫老先生兒？通是個狗類之人！」如此這般，告訴伯爵一遍。伯爵道：「哥，我說此人言過其實，虛浮之甚！早時你有後眼，不然教調壞了咱家小兒們了！」又問：「他二公賀軸，何人寫了？」西門慶道：「昨日尚小塘來拜我，說他朋友聶兩湖善於詞藻，央求聶兩湖作了文章，已寫了來，你瞧。」於是引伯爵到廳上，觀看一遍，喝采不已。說道：「人情都全了。哥，你早送與人家預備。」西門慶道：「明日好日期，備羊酒花紅菓盒，早差人送去。」正說著，忽報：「夏老爹兒子來拜辭，明日初八日早起身去也。小的答應爹不在家，他說教對何老爹那裡，明早差人那邊看守去。」西門慶觀見六折帖兒上寫著：「寅家晚生夏承恩頓首拜，謝辭。」西門慶道：「連尚舉人搭他家，就是兩分香絹賻儀。」分付琴童：「連忙買了，教你姐夫封了，寫帖子送去。」正在書房中留伯爵吃飯，忽見平安兒慌慌張張，拿進三個帖兒來報：「參議汪老爹，兵備雷老爹，郎中安老爹來拜。」西門慶看帖兒，「江伯彥、雷啟元、安忱拜。」連忙穿衣裳系帶。伯爵道：「哥，你有事，我吃了飯去罷。」西門慶道：「我明日會你哩。」一面整衣出迎，三員官皆相讓而入，一個白鵬，一個雲鷺、一個穿豸補子，手下跟從許多官吏。進入大廳敘禮，道及向日厚擾之事。少頃，茶罷，坐話間，安郎中便道：「雷東谷、汪少華並學生又來乾瀆，有浙江本府趙大尹，新升大理寺正，學生三人借尊府奉請。已發柬，定初九日赴會。主家共五席，戲子學生那裡叫來。未知肯允諾否？」西門慶道：「老先生分付，學生埽門拱候。」安郎中令吏取分資三兩遞上。西門慶令左右收了，相送出門。雷東谷向西門慶道：「前日錢龍野書到，說那孫文相乃是舍伙計，學生已並除他開了。曾來相告不曾？」西門慶道：「正是。多承老先生費心，容當叩拜。」雷兵備道：「你我相愛間，何為多較！」言畢，相揖上轎而去。原來潘金蓮自從當家管理銀錢，另頂了一把新等子，每日小廝買進菜蔬來，教拏至跟前，與他瞧過，方數錢與他；他又不數，只教春梅數錢提等子。小廝被春梅罵的狗血噴了頭背，出生入死，行動就說落，教西門慶打。以此眾小廝皆互相抱怨，都說：「在三娘手裡使錢好，五娘行動沒打不說話。」卻說次日，西門慶早往衙門中散了，對何千戶說：「夏龍溪家小已起身去了，長官沒曾委人那裡看守鎖門戶去？」何千戶道：「正是，昨日那邊著人來說，學生原差小價去了。」西門慶道：「今日同長官到那裡看看去。」於是出衙門，並馬兩個到了夏家宅內。家小已是去盡了，伴當在門首伺候。兩位官府下馬，進到廳上。西門慶引著何千戶前後觀看了。又到他前邊花亭，見一片空地無甚花草。西門慶道：「長官來到，明日還收拾了耍子所在，栽些花翠，把這座亭子修理修理。」何千戶道：「這個已定。學生開春從新修整修整，添些磚瓦木石，蓋三間卷棚，早晚請長官來消閒散悶。」西門慶因問：「府上寶眷有多少來住？」何千戶道：「學生這房頭不上數口，還有幾房家人並伴當，不過十數人而已。」西門慶道：「似此還住不了，這宅子前後五十餘間房。」看了一回，分付家人收拾打掃，關閉門戶，不日寫書往東京回老公公話，趕年裡搬取家眷。當日西門慶作別回家，何千戶看了一回，還歸衙門裡去了。次日才搬行李來住，不在言表。西門慶剛到家下馬兒，見何九買了一疋尺頭，四樣下飯，雞鵝，一壜酒，來謝西門慶。又是劉內相差官送了一食盒，大小純紅挂黃蠟燭，二十張桌圍，八十股官香，一盒沉速料香，一壜自造內酒，一口鮮豬。西門慶進門，劉公公家人就磕頭說道：「家公公多上覆，這些微禮，與老爹賞人。」西門慶道：「前日空過老公公，送這厚禮來？」便令左右：「快收了，請管家等等兒。」少頃，畫童兒拿出一鍾茶來，打發吃了。西門慶封了五錢銀子賞錢，拿回帖打發去了。一面請何九進去。見西門慶在廳上站立，換了冠帽，戴著白氈忠靖冠，見何九，一把手扯在廳上來。何九連忙倒身磕下頭：「向蒙老爹天心，超生小人兄弟，感恩不淺！」請西門慶受禮。西門慶不肯受，磕頭，拉起還說：「老九，你我舊人，快休如此！」說道：「老爹今非昔比，小人微末之人，豈敢僭坐？」只站立在傍邊。西門慶上陪著吃了一盞茶，說道：「老九，你如何又費心送禮來？我斷然不受。若有甚麼人欺負你，只顧來說，我親替你出氣。倘縣中派你甚差事，我拿帖兒與你李老爹說。」何九道：「家老爹恩典，小人知道。小人如今也老了，差事已告與小兒何欽頂替著哩。」西門慶道：「也罷，也罷！你清閒些了。」說道：「既你不肯，我把這酒禮收了。那尺頭你還拿去，我也不留你坐了。」那何九千恩萬謝，拜辭去。西門慶坐廳上，看著打點禮物：菓盒、花紅、羊酒、軸文等，各人分資，先差玳安送往喬大戶家去。後叫王經送雲離守家去。玳安回來，喬家與了五錢銀子。王經到雲離守家，管待了茶食，與了一疋真青大布，一雙琴鞋，回門下辱愛生雙帖兒：「多上覆老爹，改日奉請。」西門慶滿心歡喜，到後邊月娘房中擺飯吃，因向月娘說：「賁四去了吳二舅在獅子街賣貨，我今日倒閒，往那裡看去。」月娘道：

「你去不是，若是要酒菜兒，早使小廝來家說。」西門慶道：「我知道。」一面分付備馬，就戴著氈忠靖巾，貂鼠暖耳，綠絨補子☒褶，粉底皂靴，琴童、玳安跟隨，逕往獅子街來。到房子內，吳二舅與來昭正挂著花拷拷兒，發賣紬絹絨線絲綿，擠一鋪子人做買賣，打發不開。西門慶下馬，看了看，走到後邊暖房內坐下。吳二舅走來作揖，回說：「一日也攢銀錢二十兩。」西門慶又分付來昭妻一丈青：「二舅茶飯，每日這裡依舊打發，休要誤了！」來昭妻道：「逐日頓美酒飯，都是我自整理。」西門慶見天陰晦上來，但見彤雲密布，冷氣侵人，作雪的模樣。忽然想起要往院中鄭月兒家去。即令琴童：「騎馬家中取我的皮襖來，問你大娘有酒菜兒，稍一盒與你二舅吃。」琴童應諾到家，不一時，取了西門慶長身貂鼠皮襖，後面排軍拿了一盒酒菜，裏面四碟醃雞下飯，煎炒鵪鴿，四碟海味案酒，一盤韮盒兒，一錫瓶酒。西門慶陪二舅在房中吃了三杯，分付二舅：「你晚夕在此上宿，自用，我家去罷。」於是帶上眼紗，騎馬，玳安、琴童跟隨，逕進構攔，往鄭愛月兒家來。轉過東街口，只見天上紛紛揚揚，飄下一天瑞雪來。正是：

「拳頭大塊空中舞，路上行人只叫苦。」

但見：

漠漠嚴寒匝地，這雪兒下得正好；扯絮撏綿，裁織片片，大如栲栳。見林門竹筍茅茨，爭些被他壓倒！富豪俠，卻言消災障，猶嫌小，圍向那紅爐獸炭，穿的是貂裘繡襖。手撚梅花唱道，是國家祥瑞，不念貧民些小。高臥有幽人，吟詠多詩章。

西門慶隨路踏著那亂瓊碎玉，貂襖沾濡粉蝶，馬蹄蕩滿銀花。進入構欄，到於鄭愛月兒家門首下馬。只見丫鬟看見，飛報進來說：「老爹來了。」鄭媽媽出來迎接，到中堂見禮。說道：「前月多謝老爹重禮，姐兒又在宅內打攪；又教他大娘、三娘賞他花翠汗巾。」西門慶道：「那日空了他來。」一面坐下。西門慶令玳安把馬牽進來，自有院落安放。老馮道：「請爹後邊明間坐罷。月姐才起來梳頭，只說老爹昨日來，到伺候了一日。今日他中有不快，起來的遲些。」西門慶一面進入他後邊往房明間內，但見綠窗半啟，氈幕低張。地平上黃銅大盆，生著炭火。西門慶坐在正面椅上。先是鄭愛香兒出來相見了，遞了茶，然後愛月兒才出來。頭挽一窩絲，杭州攢，翠梅花鈿兒，金鈒釵梳海獺臥兔兒。打扮的霧靄雲鬟，粉妝粉，香花琢。上穿白綾襖兒，綠遍地錦比甲，下著大幅湘紋裙子。高高顯一對小小金蓮，猶如新月，狀若蛾眉；好似羅浮仙子臨凡境，神女巫山降世間。粉頭出來笑嘻嘻的向西門慶道了萬福，說道：「爹，我那一日來晚了。緊自前邊人散的遲；到後邊大娘又只顧不放俺每，留著吃飯，來家有三更天了。」西門慶笑道：「小油嘴兒，你倒和李桂姐兩個，把應花子打的好響爪兒。」鄭愛月兒道：「誰教他怪物勞，在酒席上屎口兒傷俺每來。那一日，祝麻子也醉了，哄我要送俺每來。我便說沒爹這裡燈籠送俺每，蔣胖子吊在陰溝裡，缺臭了你了！」西門慶道：「我昨日聽見洪四兒說，祝麻子又會著王三官兒，大街上請了榮嬌兒。」鄭月兒道：「只在榮嬌兒家歇了一夜，燒了一炷香，不去了。如今還在秦玉芝兒走著哩。」說了一回話，道：「爹，只怕你冷，往房裡坐的。」這西門慶到了房中，脫去貂裘，和粉頭圍爐共坐。房中香氣襲人。只見丫鬟來放卓兒，四碟細巧菜蔬，安下三個姜碟兒。須臾，拿了三甌兒黃芽韭菜肉包，一寸大的水角兒來。姊妹二人陪西門慶，每人吃了一甌兒。愛月兒又撥了上半甌兒，添與西門慶。西門慶道：「我勾了，才在那邊房子線鋪，陪你吳二舅吃了兩個點心來了。心裡要來你這裡走走，不想天氣落雪，家中使小廝取了皮襖，穿上就來了。」愛月兒道：「爹前日不會下我？教昨日等了一日，不見爹。不想爹今日來了！」西門慶道：「昨日家中有兩位士夫來望，亂著，就不曾來得。」愛月兒道：「我要問爹，有貂鼠買個兒與我，我要做了圍脖兒戴。」西門慶道：「不打緊。昨日舍伙計打遼東來，送了我十個好貂鼠。你娘們都沒圍脖兒，到明日一總做了，送一個來與你。」愛香兒道：「爹只認的月姐，就不送與我一個兒？」西門慶道：

「你姊妹兩個，一家一個。」於是愛香、愛月兒連忙起身道了萬福。西門慶分付：「休見桂姐、銀姐說。」鄭月兒道：「我知道。」因說：「到明日李桂姐見吳銀兒在那裡過夜，問我他幾時來了？我沒瞞他，教我說昨日請周爺，俺每四個都在這裡唱了一日。爹說有王三官兒在這裡，不敢請你的。今日是親朋會中人吃酒，才請你來唱。他一聲兒也沒言語。」西門慶道：「你這個回的他好。前日李銘我也不要他唱來，再三央及你應二爹來說；落後，你三娘生日，桂姐買了一分禮來，再三與我陪不是，你娘們說著，我不理他。昨日我竟留下銀姐，使他知道。」愛月兒道：「不知三娘生日，我失誤了人情。」西門慶道：「等明日你雲老爹擺酒，我前日你和銀姐那裡唱一日。」愛月兒道：「爹分付，我去。」不一時，丫鬟收拾飯卓去。粉頭取出個瀏鶒木匣兒，傾出三十二扇象牙牌來，和西門慶在炕氈條上抹牌頑耍。愛香兒也坐在傍邊看牌。院內雪飛風舞梨花，紛紛只顧下。但見：

「恍惚漸迷鴛甃，頃刻拂滿蜂須。似玉龍鱗甲繞空飛，白鶴羽毛搖地落。好若數蟹行沙上，猶賽亂瓊堆砌間。」

正是：

「盡道豐年瑞，豐年瑞若何？長安有貧者，宜瑞不宜多。」

當下三人抹了回牌勝負，須臾，擺上酒來飲酒。卓上盤堆異菓，肴列珍羞。茶煮龍團，酒斟琥珀。詞歌金縷，笑容朱唇。愛香與愛月兒一邊一個捧酒，不免箏排雁柱，款跨鮫綃，姊妹兩個彈著，唱了一套青衲襖：

「想多嬌，情性兒標；想多嬌，恩意兒好。想起攜手同行共歡笑，吟風詠月將詩句兒嘲。女溫柔，男俊俏，正青春年紀小。誰人望將比目魚分開，瓶墜簪折，今日早魚沉雁杳。」

〔罵玉郎〕「多嬌一去無消耗，想著俺情似漆，意如膠。常記的共枕同歡樂，想著他花樣嬌、柳樣柔，傾國傾城貌。」

〔大迓鼓〕「千般豐韻嬌，風流俊俏，體態妖嬈，所為諸般妙。搊箏撥阮，歌舞吹簫，總有丹青難畫描。」

〔感皇恩〕「呀，好教我無緒無聊！意攘心勞，懶將這杜詩溫，韓文敘，柳文學。我這裡愁懷越焦，這些時容貌添憔。不能勾同歡樂，成配偶，到有分受煎熬。」

〔東歐令〕「潘郎貌，沈郎腰，可惜相逢無下稍！心腸懊惱傷懷抱，烈火燒佛廟，滔滔綠水渰藍橋，想思病怎生逃！」

〔採茶歌〕「相思病怎生逃，離愁人擺的堅牢，鐵石人見了也魂消！愁似南山堆積積，悶如東海水滔滔！」

〔賺〕「誰想今朝，自古書生多命薄；傷懷抱，癡心惹的傍人笑，對難陳告？」

〔烏夜啼〕「想當初偎紅倚翠，踏青鬭草。相逢對景同歡樂。到春來，語呢喃，燕子尋巢；到夏來，荷蓮香，開滿池沼；到秋來，菊滿荒郊；到冬來，瑞雪飄飄。想當初畫堂歌舞，列著佳肴。今日個孤枕旅館無著落，鬼病侵難醫療。好教我情牽意惹，心癢難撓。」

〔節節高〕「悶懨懨睡不著，想多嬌，知音解呂明宮調。諸般好閉月羞花貌，言語嬌媚心聰俏，恰似仙子行來到，金蓮款步鳳頭翹，朱唇皓齒微微笑。」

〔鵓鶉兒〕你看他體態輕盈，更那堪衣穿素縞，脂粉施蛾眉淡埽。看了他萬總妖嬈，難畫描。酒泛羊羔，寶鴨香飄，銀燭高燒，成就了美滿夫妻，穩取同心到老。」

〔尾聲〕「青雲有路終須到，生前無分也難消，把佳期叮嚀，休忘了。」

唱一套，姐兒兩個拿上骰盆兒來，和西門慶搶紅頑笑。杯來盞去，各添春色。西門慶忽把眼看見鄭愛月兒房中床傍側首錦屏風上，挂著一軸愛月美人圖，題詩一首：

「有美人兮迥出群，輕風斜拂石榴裙，

花開金谷春三月，月轉花陰夜十分；

玉雪精神聯仲琰，瓊林才貌過文君，

少年情思應須慕，莫使無心托白雲。」

下書「三泉主人醉筆。」

西門慶看了，便問：「三泉主人是王三官兒的號？」慌的鄭愛月兒連忙摭說道：「這還是他舊時寫下的。他如今不號三泉了，號小軒了。他告人說，學爹說：『我號四泉，他怎的號三泉？』他恐怕爹惱，因此改了號小軒。」一面走向前，取筆過來，把那「三」字就塗抹了。西門慶滿心歡喜，說道：「我並不知他改號一節。」粉頭道：「我聽見他對一個人說來，我才曉的。他去世的父親號逸軒，他故此改號小軒。」說畢，鄭愛香兒往下邊去了，獨有愛月兒陪西門慶在房內，兩個並肩疊股，搶紅飲酒。因說起林太太來，怎的大量，好風月：「我在他家吃酒，那日王三官請我到後邊拜見。還是他主意，教三官拜認為我義父，教我受他禮，委托我指教他成日。」粉頭拍手大笑道：「還虧我指與這條路兒，到明日連三官兒娘子，不怕屬了爹！」西門慶道：「我到明日，我先燒與他一炷香；到正月裡，請他和三官娘子往我家看燈吃酒。看他去不去？」粉頭道：「爹，你還不知三官娘子生的怎樣標致，就是個燈人兒，沒他那一段兒風流妖艷！今年十九歲兒，只在家中守寡。王三官兒通不著家。爹，你看用個工夫兒，愁不是你的人。」兩個說話之間，相挨相湊。只見丫鬟拿上幾樣細菓碟兒來，都是減碟菓仁，風菱鮮柑，螳郎雪梨，蘋婆，蚫螺，冰糖橙丁之類。粉頭親手奉與西門慶下酒。又用舌尖噙鳳香餅蜜送入他口中，又用纖手掀起西門慶藕合段旋子，看見他白綾褲子。西門慶一面解開褲帶，露出那話來教他弄。粉頭見根下束著銀托子，那話猙獰跳腦，紫漒光鮮。西門慶令他品之，這粉頭真個低垂粉頸，輕啟朱唇，半吞半吐，或進或出，嗚咂有聲，品弄了一回。靈犀已透，淫心似火，欲求講歡。粉頭便往後邊去了。西門慶出房更衣，見雪越下得甚緊。回到房中，丫鬟向前挂起錦幔，款設鴛枕，展放鮫綃，熏熱香球，床上鋪的被褥甚厚，打發脫靴解帶，先上牙床。粉頭澡牝回來，俺上雙扉，共入鴛帳。正是：「得多少春色嬌還媚，惹蝶芳心軟欲濃。」

有詩為証：

「聚散無憑在夢中，起來殘燭映紗紅；
鐘情自古多神念，誰道陽台路不通。」

兩個雲雨歡娛，到一更時分起來，丫鬟掌燈進房，整衣理鬢，後釃美酒，重整佳肴，又飲勾幾杯。問玳安：「有燈籠傘沒有？」玳安道：「琴童家去取燈籠傘來了。」這西門慶方才作別了。鴇子、粉頭，相送出門，看著上馬。鄭月兒揚聲叫道：「爹若叫我，早些來說。」西門慶道：「我知道。」一面上馬，打著傘出院門。一路踏雪到家中，對著吳月娘只說在獅子街和吳二舅飲酒，不在話下。一宿晚景題過，到次日卻是初八日，打聽何千戶行李都搬過夏家房子內去了。西門慶這邊送了四盒細茶食，五錢折帕慶房賀儀過去。只見應伯爵驀地走來，西門慶見雪晴，天有風色甚冷，留他前邊書房中向火，叫小廝放卓兒，拿菜留他吃粥。因說起：「昨日喬親家、雲二哥禮並折帕都送過去了。你的人情，我這邊已是替你每家封了二錢出上了，你那裡不消與他罷。只等發柬請吃酒。」那應伯爵舉手謝了。西門慶道：「何大人已搬過去了。今日我送茶並慶房人情，你不送些茶兒與他？」伯爵道：「他請人？」又問：「昨日安大人三位來做甚麼？那兩位是何人？」西門慶道：「那兩位一個雷兵備，一個汪參議，都是浙江人。因在我這裡擺酒，明日要請杭州趙霆知府，新升京堂大理寺丞，是他每本府父母官，如何不敬代一張卓面，餘者散席。戲子他那裡叫來，俺這裡少不的叫兩個小優兒答應便了。通身只三兩分資。」伯爵道：「大凡文職好細，三兩銀子勾做甚麼？哥少不得賠些兒。」西門慶道：「這雷兵備就是問黃四小舅子孫文相的。昨日沒曾對我題起，開除他罪名來了。」伯爵道：「你說他不仔細？如今還記著，折准擺這席酒才罷了。」說話之間，伯爵叫應寶：「你叫那個人來見你大爹。」西門慶便問：「是何人？」伯爵道：「我那邊左近住一個小後生，倒也是舊人家出身，父母都沒了，自幼在王皇親家宅內答應好幾年了，也有了媳婦兒了。因在莊子上和一般家人不和，出來了。如今閒著，做不的甚麼買賣兒。他與應寶是朋友，央及應寶，要投尋個人家做房家人。今早應寶對我說：『爹倒好舉薦與大爹宅內答應，又怕大爹少人使。』我便說：『不知你大爹用不用。』」因問應寶：「叫他甚麼名字？你叫他進來。」應寶道：「他姓來，叫來友兒。」只見那來友兒穿著青布四塊瓦布襪靸鞋，扒在地上磕了個頭，起來簾外站立。伯爵道：「若論這狗拘的，膂力盡有，掇輕服重，都去的。」因問：「你多少年紀了？」那人道：「小的二十歲了。」又問：「你媳婦沒子女？」那人道：「只光兩口兒。」應寶道：「不瞞爹說，他媳婦才十九歲兒。廚灶針線，大小衣裳，都會做。」西門慶見那人低頭並足，為人樸實，便道：「既是你應二爹來說，用心在我這裡答應。」分付：「揀個好日期，寫紙文書，兩口兒搬進來罷。」那個磕了個頭，西門慶教琴童兒領著後邊見月娘眾人，磕頭去了。對月娘說：「就把來旺兒原住的那一間房，與他居住。」伯爵坐了回，家去了。應寶同他寫了一紙投身文書，交與西門慶收了，改名來爵，不在話下。

卻說賁四娘子，自從他家長兒與了夏家，每日買東買西，只央及平安兒和來安、畫童兒，或是隔壁韓嫂兒的兒子小雨兒。西門慶家中這些大官兒，常在他屋裡坐的，打平和兒吃酒。賁四娘子兒和氣，就定出菜兒來。或要茶水，應手而至。就是賁四一時鋪中歸來撞見亦不見怪。以此今日他不在家，使著，那個不替他動？且玳安兒與平安兒，常帶他屋裡坐的多。初九日，西門慶與安郎中、汪參議、雷兵備擺酒，請趙知府。那日早辰，來爵兒兩口兒就搬進來。他媳婦兒後邊見月娘眾人磕頭。月娘見他穿著紫紬襖，青布披襖，綠布裙子。生的五短身材，瓜子面皮兒，搽胭抹粉，施朱唇，纏的兩隻腳趫趫的。問起來，諸般針指都會做。起了他個名字，叫做惠元，與惠秀、惠祥，一遞三日上灶不題。玳安與平安常在他屋裡坐的多。一日，門外楊姑娘沒了，安童兒來報喪。西門慶這邊整治了一張插卓，三牲湯飯，又封了五兩香儀。吳月娘、李嬌兒、孟玉樓、潘金蓮四頂轎子起身，都往北邊與他燒紙吊孝。琴童兒、棋童兒、來爵兒、來安兒四個，都跟轎子，不在家。西門慶在對過段鋪子書房內，看著毛襖匠與月娘做貂鼠圍脖，先攢出一個圍脖兒，使玳安送與院中鄭月兒去。封了十兩銀子與他過節。鄭家管待玳安酒饌，與了他三錢銀子買瓜子兒磕，走來回西門慶話，說：「月姨多上覆，多謝了。前日空過了爹來。與了小的三錢銀子。」西門慶道：「你收了罷。」因問他：「賁四不在家，你頭裡從他屋裡出來，做甚麼來？」玳安道：「賁四娘子，從他女孩兒嫁了，沒人使。常央及小的每替他買買甚麼兒。」西門慶道：「他既沒人使，你每替他勤勤兒也罷。」又悄悄向玳安道：「你慢慢和他說，如此這般：『爹要來你這屋裡來看你看兒，你心如何？』看他怎麼的說。他若肯了，你問他討個汗巾兒來與我。」玳安道：「小的知道了。」領了西門慶言語，應諾下去。西門慶使陳經濟看著裁貂鼠，就走到家中來。只見王經向顧銀鋪內，取了金赤虎，又是四對金頭銀簪兒，交與西門慶。西門慶留下兩對在書房內，餘者袖進李瓶兒房內。坐下，與了如意兒那赤虎，又與他一對簪兒。把那一對簪兒，就與了迎春。二人接了，連忙插燭也似磕了頭。西門慶令迎春取飯去。須臾，拿了飯來。吃了飯，出來，在書房內坐下。只見玳安慢走到眼前，見王經在傍，不言語。西門慶使王經後邊取茶去。那玳安方說：「小的將爹言語對他說了，他笑了。約會晚上些，伺候等爹過去坐坐。叫小的拿了這汗巾兒來。」西門慶見紅綿紙兒包著一方紅綾織錦迴紋汗巾兒，聞了聞，噴鼻香，滿心歡喜，連忙袖了。只見王經拿茶來，吃了，又走過對門，看著匠人做生活去。忽報花大舅來了。西門慶道：「請過來這邊坐。」花子油走到書房暖閣兒裡，作揖坐下，致謝外日多有相擾。敘話間，畫童兒對門拿過茶來吃了。花子油悉把：「門外客人有五百包無錫米，凍了河，緊等要買賣了回家去。我想著姐夫倒好買下等價錢。」西門慶道：「我平白要他做甚麼？凍河還沒人要，到開河船來了，越發價錢跌了。如今家中也沒銀子。」即分付玳安：「收拾放卓兒，家中說看菜兒來。」一面使畫童兒：「請你應二爹來陪你花爹。」坐了一時，伯爵來到。三人共坐在一處，圍爐飲酒，卓上擺設四盤四碟，都是煎炒雞魚，燒爛下飯。又叫孫雪娥烙了兩炷餅，又是四碗肚肺乳線湯。良久，只見吳道官徒弟應春，送節禮疏誥來。西門慶請來同坐吃酒，攬李瓶兒百日經，與他銀子去。吃到日落時分，二人先起身去了。次後甘伙計收了鋪子，又請來坐，與伯爵擲骰猜枚談話。不覺到掌燈已後，吳月娘眾人轎子到了，來安走來回話。伯爵道：「嫂子們今日都往那裡去了？」西門慶道：「北邊他楊姑娘沒了。今日三日念經，我這裡備了張插卓祭祀，又封了香儀兒，都去吊問吊兒。」伯爵道：「他老人家也高壽了。」西門慶道：「敢也有七十五六兒，男花女花都沒有，只靠他門外侄兒那裡養活。材兒也是我這裡替他備下的，這幾年了。」伯爵道：「好好兒，老人家有了黃金入櫃，就是一場事了，哥的大陰騭。」說畢，酒過數巡，伯爵與甘伙計作辭去了。西門慶道：「十一日該姐夫這裡上宿。」玳安道：「那邊鋪子裡，傅二叔也家去了，只小的一個在鋪子裡睡。」西門慶就起身走過來，分付後生王顯：「仔細火燭。」王顯道：「小的知道。」看著把門關上了。這西門慶見沒人，兩三步就走入賁四家來。只見賁四娘子兒，在門首獨自站立已久。見對門關的門響，西門慶從黑影中走至跟前。這婦人連忙把封門一開，西門慶鑽入裡面。婦人還扯上封門，說道：「爹請裡邊紙門內坐罷。」原來裡間槅扇廂著後半間，紙門內又有個小炕兒，籠著旺旺的火，卓上點著燈，兩邊護炕，從新糊的雪白，挂著四扇吊屏兒。那婦人頭上勒著翠藍銷金箍兒鬏髻，插著四根金簪兒，耳朵上兩個丁香兒。上穿紫紬襖，青綃絲披襖，玉色綃裙子。向前與西門慶道了萬福，連忙遞了一盞茶兒與西門慶吃。因悄悄說：「只怕隔壁韓嫂兒知道。」西門慶道：「不妨事，黑影子，他那裡曉的。」於是不由分說，把婦人摟到懷中，就親嘴。拉近枕頭來，解衣按在炕沿子上，扛起腿來，就聳那話，上已束著托子。剛插入牝中，就拽了幾拽。婦人下邊淫水直流，把一條藍布褲子都濕了。西門慶拽出那話來，向順袋內取出包兒顫聲嬌來，蘸了些在龜頭上，攮進去，方才澀住淫津，肆行抽拽。婦人雙手板著西門慶肩膊，兩相迎湊，在下揚聲顫語，呻吟不絕。這西門慶乘著酒興，架其兩腿在胳膊上，只顧沒棱露腦，銳進長驅，肆行搧磞，何止二三百度？須臾弄的婦人雲鬢鬅鬆，舌尖冰冷，口不能言。西門慶則氣喘吁吁，靈龜暢美，一洩如注。良久拽出那話來，淫水隨出，用帕搽之。兩個整衣系帶，複理殘妝。西門慶向袖中掏出五六兩一包碎銀子，又是兩對金頭簪兒，遞與婦人，節間買花翠帶。婦人拜謝了，悄悄打發出來。那邊玳安在鋪子裡，惠心只聽這邊門環兒響，便開大門，放西門慶進來，自知更無一人曉的。後次朝來暮往，也入港一、二次。正是：

「若要人不知，除非己莫為。」

不想被韓嫂兒冷眼睃見，傳的後邊金蓮知道了。這金蓮亦不識破他。一日，臘月十五日，喬大戶家請吃酒。西門慶這裡會同應伯爵、吳大舅一齊起身。那日有許多親朋做戲飲酒，至二更方散。第二日每家一張卓面，俱不必細說。單表崔本治了二千兩湖州紬絹貨物，臘月初旬起身，顧船裝載，趕至臨清馬頭，教後生榮海看守貨，便顧頭口來家取車稅銀兩。到門首下頭口，琴童道：「崔大哥來了，請廳上坐。爹在對門房子裡，等我請去。」一面走到對門，不見西門慶。因問平安兒。平安兒道：「爹敢進後邊去了？」這琴童兒走到上房問月娘。月娘道：「賊見鬼的囚！你爹從早辰出去，再幾時進來！」又到各房裡並花園書房都瞧遍了，沒有。琴童在大門首揚聲道：「省恐殺人，不和爹往那裡去了？白尋不著。大白日裡把爹來不見了，崔大哥來了這一日，只顧教他坐他著。」那玳安分明知道，不做聲語，不想西門慶從前邊進來，把眾小廝乞了一驚。原來西門慶在賁四屋裡，入港才出來。那平安打發西門慶進去了，望著琴童兒吐舌頭兒，都替他捏兩把汗，都道：「管情崔大哥去了，有幾下子打。」不想西門慶走到廳上，崔本見了，磕頭畢，交了書帳說：「船到馬頭，少車稅銀兩。我從臘月初一日起身，在楊州與他兩個分別，他每往杭州去了，俺每都到苗親家住了兩日。」因說：「苗青替老爹使了十兩個銀子，抬了楊州衛一個千戶家女，十六歲了，名喚楚雲。說不盡的花如臉，玉如肌，星如眼，月如眉，腰如柳，襪如鉤，兩隻腳兒兒恰剛三寸，端的有沉魚落雁之容，閉月羞花之貌。腹中有三千小曲、八百大曲、端的風流如水晶、盤內走明珠。態度似紅杏枝頭推曉日。苗青如今還養在家，替他打廂奩，治衣服，待開春，韓伙計、保官兒船上帶來，伏侍老爹，消愁解悶。」西門慶聽了，滿心歡喜。說道：「你船上稍了來也罷，又費煩他治甚衣服，打甚妝奩，愁我家沒有？」於是恨不的騰雲展翅，飛上楊州搬取嬌姿，賞心樂事。正是：

「鹿分鄭相應難辨，蝶化莊周未可知。」

有詩為証：

「問道楊州一楚雲，偶憑出鳥語來真；
不知好物都離隔，試把梅子問夫人。」

西門慶陪崔本吃了飯，兌了五十兩銀子做車稅錢。又寫書與錢主事，令煩青目。言訖，當下作辭，往喬大戶家回話去了。平安見西門慶不尋琴童兒。都說：「我兒，你不知有多少造化。

爹進來，若不是，綁著鬼有幾下打。」琴童笑道：「只你知爹性兒。」比及起了貨來，獅子街卸下，就是下旬時分。西門慶正在家打發送節禮，忽見荊都監差人拿帖來問：「宋大巡題本已上京數日，未知旨意下來不曾？伏惟老翁差人，察院衙門一打聽為妙。」這西門慶即差答應節級，拿著五錢銀子，往巡按公衙書辦打聽。果然昨日東京邸報下來，寫抄得一紙全報來，與西門慶觀看。上面道寫甚的：

「山東巡按監察御史宋喬年一本，循例舉劾地方文武官員，以勵人心，以隆聖治事：竊惟吏以撫民，武以御亂；所以保障地方，以司民命者也。苟非其人，則處置乖方，民受其害，國何賴焉？此國家莫急於文武兩途，而激勸之典不容不亟舉也。臣奉命按臨山東等處，親歷省察風俗。至於吏政民瘼，監司守御，無不留心咨訪。複令安撫大臣，詳加鑒別各官賢否，頗得其實。茲當差滿之期，敢不一一陳之。山東左布政陳四箴，操履忠貞，撫民有方；廉使趙訥，綱紀肅清，士民服習；提學副使陳正匯，操砥礪之行，嚴督率之條。又訪得兵備副使雷啟元，軍民咸服其恩威，僚慕悉推其練達；濟南府知府張叔夜，經濟可望，才堪司牧；東平府知府胡師文，居任清慎，視民如傷；徐州府知府韓邦奇，志務清修，才堪廊廟；蔡州府知府葉照，屏海寇而道不拾遺，惠民疇而墾田不涸。此數臣者，皆當薦奬而優擢者也。又訪得左參議馮廷鵠，傴僂之形，桑榆之景、形若木偶，尚肆貪婪；東昌府知府徐松，縱妾父而通賄，所致騰謗於公堂；慕羨餘而誅求，詈言聲輒遍於閭閻。此二臣者，所當亟賜罷斥者也。再訪得左軍院僉書守禦周秀，器宇恢弘，操持老練，得將帥之體，軍心允服，賊盜潛消，濟州兵馬都監荊忠，年力精強，才猶練達，冠武科而稱為儒將，勝算可以臨戎；號令而極其嚴明，長策雜能禦侮；袞州兵馬都監溫璽，夙閒韜略，熟習弓馬，休養騎卒以備不虞，供力設險以防不測。此三臣者，所當亟賜遷擢者也。清河縣千戶吳有德，以練達之才，得衛守之法。驅兵以搗中堅，靡攻不克；儲食以資糧餉，無人不飽。推心置腹，人思效命。實一方之保障，為國家之屏藩。宜特加超擢，鼓舞臣寮。陛下誠以臣言可採，舉而行之，庶幾官爵不濫，而人心思奮，守牧得人而聖治有賴矣！等因。奉欽依該部知道。續該吏兵二部題前事，看得御史宋喬年所奏，內劾舉地方文武官員，無非體國之忠，出於公論。詢訪得實，以裨聖治之事。伏乞聖明俯賜施行，天下幸甚，生民幸甚。奉欽依依擬行。」

西門慶一見，滿心歡喜，拏著邸報走到後邊對月娘說：「宋道長本下來了，已是保舉你哥升指揮僉事，見任管屯。周守禦與荊大人都有獎勵，轉副參統制之任。如今快使小廝請他來，對他說聲。」月娘道：「你使人請去，我交丫鬟看下酒菜兒。我愁他這一上任，也要銀子使。」

西門慶道：「不打緊，我借與他幾兩銀子也罷了。」不一時，請得吳大舅到了。西門慶送那題奏旨意與他瞧。吳大舅連忙拜謝西門慶與月娘說道：「多累姐夫、姐姐扶持，恩當重報，不敢有忘。」西門慶道：「大舅，你若上任擺酒沒銀子使，我這裡兌一千兩銀子，你那裡使者。」那吳大舅又作揖謝了。於是就在月娘房中，安排上酒來吃酒。月娘也在旁邊陪坐。西門慶即令陳經濟把全抄寫了一本，與大舅拏著。即差玳安拏帖，送邸報往荊都監、周守御兩家報喜去。正是：

「勸君不費鐫研石，路上行人口是碑。」

同人新創　名家特撰小說

截稿週

高翊峰

日子走到哪了？

每當我生出這類心情，多半都是雜誌工作走到了月底。

白天或者夜晚，都躲在不透光的窗簾外邊，隨著空調的風，曖昧地搖動著。固定會有一週左右，我不太能確定「今天是週幾」。這期間，美術部門明天能做完哪些單元，編輯們能完成多少黑白樣章的校對，製版廠後天能發回幾台彩色樣章，能否在約定時間內進場看印刷調色……這些工作，才會讓我突然發現，咖啡杯空了，外賣晚餐送到會議室已經好一會。

我看著一篇關於調侃總統與院長的專題。專題的首頁主圖，是兩位編輯穿著筆挺西裝，分別打扮成總統與院長，握手詭笑。由下往上的打光角度，讓他們的眼神，比許多政治人物都懂事許多。

他們兩位都是擅長說謊的人吧！

這麼想著時，臉書的私訊傳來一則訊息。只是一個圖案：笑臉的圖案。

發訊息的人是瓶兒。瓶兒不是她臉書的登記用名，而是我叫她的暱稱。這幾年來，總有這樣的感覺，不知道日子走到哪了，瓶兒就會突然出現在臉書私訊。彷佛我跟她有過這類的約定。接著，我能想起第一次看見這個女人，是在大學裡的一段小坡上。當時我正在一旁的操場跑步，高挑的她，在一群女孩與男孩之間，十分顯眼。那時候的瓶兒是大一新鮮人，卻被許多人圍繞著。知道這個女人超過二十年，第一次彼此說上話，卻是在幾年之後。那時的她，正在電視製作公司打轉。這感覺漫長的迴旋光影裡，我們實際碰面吃飯聊天，卻沒有超過二十次吧。

在我多半遺忘她的時間裡，瓶兒慢慢變成一位細細瘦瘦的女人。軀體是扁平的，胸部穿上胸罩，依舊是扁平的。從開始談話之初，她就一直留著短短的黑頭髮，彷佛永遠都無法長過肩膀。她的眼睛和身體一樣，細細瘦瘦的。人笑的時候，眼睛也會跟著一起彎身。

個頭比我更高的瓶兒，足足一百七十七公分高，有超過一百一十公分的長腿，以及一對因為運動而小巧緊實的臀部。當她騎單車停下來，屁股還待在座墊上，一隻腳落地，這個角度的姿勢，是我見過最美的。偶爾，臉書上的她，以類似的姿勢停在某一段公路上，側臉眺望著什麼，我總會聯想，幫瓶兒拍攝這張照片的人，會是誰？

瓶兒在臉書私訊裡通知過我，她先生並不是會騎自行車離開台北市的男人。就像她通知我，她懷孕了；通知我，她要結婚了。

透過這些斷斷續續的通知，我靜靜地發現，瓶兒新婚之後，有很長一段時間，唯一的工作，除了深夜獨自一個人偷偷哭和陪伴孩子，就只剩下騎單車運動。

每當看見她送來的笑臉，我也會私訊回她一個相同的笑臉圖案。接著，可能沒有任何對話。接下來的日子，就像一疊外國雜誌上的新咖啡，跟著健康的苜蓿芽早餐一起持續溫熱。外賣的甜食，填飽了突然感覺饑餓的午後。封面女星的訪問，依舊無聊，我與採訪編輯依舊討論著，要不要放棄問答形式，改以撰文側寫，讓女星的回答，更吸引讀者。這樣的日子裡，會有很多無奈的笑臉。

就這樣，瓶兒的笑臉與我的笑臉，在持續修改版型的傍晚，一直停在臉書私訊欄裡，一個月的白天晚上，又一個月的白天晚上。我曾經想過，那兩個笑臉，並不知道自己已經被停止在某年某月某日的某時某分。跟秒一樣，沒有顯示，被瓶兒和我兩個人都遺忘了，直到下一句問候，在某一台黑白樣章都湊齊那天，突然跳入臉書私訊。

學長，好久不見。
（笑臉）
你在忙嗎？
加班中。
你好像沒停下來過。辛苦了。女朋友呢？
上個月，開始單身了。
又單身！
對，「又」單身。
也辛苦了……（偷笑）
怎麼了……他又怎麼了嗎？
沒什麼，去招待所了，說今天不會回家。
問題，還是一樣？
重覆發生的，就不算問題了。
好吧，你自己看清楚了，能平衡就好。

學長，我問你，我這樣算不算背叛他？

跟我臉書私訊嗎？

對啊！

……你們現在，走到哪裡了？

他昨天送我蒂芬尼的珠寶項鍊，說很愛我，謝謝我陪著他，然後今天去招待所。

你自己呢？

我對他確定沒有感覺了，但還是在家裡等他回家，睡在他旁邊。

現在的你，希望背叛他嗎？

我想，而且永遠不要讓他知道。

那我們現在這樣打字聊天，就算是背叛了。

為什麼？

因為你敲我，目的就只是想要背叛他，不是嗎？不過你離不開他的。

誰說？我上次離家出走三天。

去哪？

去一家很貴很貴的祕密旅館。
不管多貴，你現在都住得起。
學長，一直都不是錢的問題好嗎。
（點頭）不在台北嗎？
在台北啊，走路就可以到，走路也可以回到家。
這樣也算離家出走嗎？
當然，他們一家人都找不到我。
驚動到你公公婆婆？股票沒有跌吧！
是做給他們看的……你不會跟任何人說吧？
我可以跟誰說？
也對。你是連自己都不相信的人，沒有真正可以說話的人。學長，有時候我覺得你比我還可憐。
是可悲。
不是可悲。有祕密卻沒有人可以說，你只是可憐。

（哭臉）
謝謝你，學長。每次都聽我吐苦水。
不用謝我啊。
對，不用謝你。我上次有讓你舒服，有吧？（害羞）
上次……是多久以前了？我們還很傻很年輕的時候嗎？
我們就半年才聯絡一次。
也對。保持距離，以策安全。
所以呢，上次有吧？
有啊。
有那個嗎？
哪個？射精嗎？
（點頭＋害羞）
有啊！（ps. 你都人妻了，不用害羞吧？）
女人要懂害羞啊。

聰明的才懂。

（點頭＋點頭）上次之後就很想問你……用寫的，也可以高潮啊？

？？上次，你沒有舒服嗎？

（害羞）……我很少這樣讓自己舒服。

做愛都是靠想像，不是嗎？

好慘喔～

那下次，你真的離家出走，再請讓我「真的」，不用謝你。

（害羞）……我又想了。

想什麼？

想要……打字。

學妹，我在辦公室！截稿中……（生氣）

學長，好像每次都碰到你雜誌截稿……（大心＋笑臉）

不鬧了，現在……心情好一些了嗎？

恩。現在覺得，他不回家，我反倒輕鬆。

有時候，不用面對面，反而可以清楚拿捏自由的距離。
像我們這樣？
恩，像我們這樣。碰面了，可能就亂了。
我知道……不過每次這樣突然跳出來，抱歉啦！
不會，我等樣章也無聊。不過記得，你不欠他什麼。
當然，我都幫他生兒子了。
我不是說這個……
知道啦，那我去陪我兒子睡覺了。學長，晚安。

「晚安……」我發出聲音回答。
我抬起頭，執行編輯站在桌前。耳機裡還有回流的晚安。那是我自己的聲音。戴著耳機聽見自己的聲音，一直都有兩種，像似回音，也像似共鳴。不論是對誰說的，都像自己在回答自己。
「晚安，總編。那我先回去，明天早一點進來整理這一批彩樣。」執行編輯回應了我的問候。

「製版廠那邊有說幾點來拿彩樣嗎？」我問。

「中午十二點。」

執行編輯確認美術編輯未完成的單元之後，向我揮手道別離開。近百坪的雜誌社辦公室裡，幾區燈光突然暗去，只留給我和美術設計部門光亮。加班中的兩位美術編輯，持續從美術總監的手中接來尚未完成的稿袋，再從電腦公共區的分享資料夾，抓出文字檔案與編號圖片，進行著版面設計。

我眺望看著，一位美編正在設計封面女郎的版型。其中一單頁，女明星的上身是裸裎的，她一手圍著胸，另一手抓著復古單車，雙腳跨過三角車體。她有飽滿的胸型、讓視線油滑的腰線，運動型四角內褲包裹的臀部算是緊實，但需要墊腳尖才能站穩。看來一切都好，但這樣的姿勢有些小彆扭，因為她沒有一雙長腿。

我拿出抽屜裡的黑皮筆記本，翻到空白頁，寫下一句句雜亂蹦出來的想法：

專題副標：男人，需要另一個一起想像做愛的好朋友。（外遇的老梗？）

1. 如何定義（爛掉的）紅顏知己？

2.不被枕邊人（女朋友＋妻子）發現的五種方法。

3.如果被抓包，脫身的五種說詞。

BOX：素人的想像做愛——大學生、上班新鮮人、SOHO族、輕熟大叔……

想像做愛的工具平台：手機（聲音）、Line視訊（視覺）、臉書私訊（文字）……

抽言：每一個精神出軌，至少都有一方的身後，停著哀傷的故事。

（不要忘記，所有好的幽默，都帶有悲傷的本質。所有重覆的選題，都是經常發生在身邊的事。「經常發生」等於「人性」。）

我校對完桌上的整疊彩樣，按照單元粗略分類，放回執行編輯的收納櫃。跟美術總編丟個眼神，示意要離開辦公室。進入電梯裡，我看手錶，已經十二點了。不到十秒的向下墜落，我恍惚猶豫抵達一樓之後，電梯門開啟的瞬間，會迎來大量的陽光，還是還剩餘的凌晨。

辦公大樓外邊的停車格裡，閒置著大量的夜色。眼界所及，只有一輛我的國產車，裝著質量更重的夜晚。我開著車，經過一段高架快速道路，深深覺得台北這座城市，從午夜到清晨這段時光，最適合移動。

我在高架橋上的光與影之間，問自己：今天，要回家睡覺嗎？

進入台北市中心，凌晨的主要幹道，汽車相對少很多。招牌懂得複製，重覆著相似的霓虹光暈，引誘方向盤往左，也往右。經過深夜的小巨蛋，穿過敦化南路，我減緩速度，慢慢滑過那家知名招待所的一樓。

代客泊車人員站在騎樓外抽煙，機伶地看著，等待我是否會靠近他。

我經過這個路段多少次？瓶兒的先生，又經過這個段路多少次？台北這座城市裡，有多少我這個年齡層的男人，經過這個路段，會想著「經過了多少次」的問題？我不停反芻著這類問題。

每一次截稿週的深夜，我經常這樣開車，經過台北。有可能是華山文創園區，也可能跑到設計美好的北投圖書館；或者開上二高，由北往南，從內湖到公館，再接上建國高架一小段，轉入民生社區。如果是開窗吹風舒服的季節，就會快速移動到城市的西邊，從大稻埕開上環河高架道路，一路往南行駛到盆地的南邊。

沒有意外，我又開著車，被自己帶回到空蕩蕩的郊區公寓。

回到住所，就會慢慢意識到，月刊雜誌週期性的截稿，就快要結束。等心跳聲在沒開燈的客廳裡安靜下來，目光就會停留在手錶裡的日期窗數字，星期窗的簡寫英文，再次發現時針分針，還有平緩移動著的秒針。

怎麼以秒針的心情來感覺截稿週？

我在鎖入抽屜的黑皮筆記本裡，曾經寫過這樣一句話。我記得，是在上一個截稿週，進製版廠看藍圖的前一晚。也是在這一晚，我會確認——這個月的截稿週結束了。那麼這個月就真正過去了。一年十二個月，十二個截稿週，然後一年就消失了。做月刊雜誌就是這樣，以一個月一個單位的速度，我計算著我的日常。

今晚還不是那個「前一晚」。客廳一整面牆的雜誌和書，陪著我還醒著的心跳。

我取下紅色精裝本的《珍藏布列松》。我站著翻看，很快就找到那張編號195的照片。那是一九八五年在法國巴黎拍攝到的畫家，阿維格多．阿利卡。照片裡的畫家，站在自己的自畫像旁。畫家看著鏡頭，整準備搬動另外一幅畫。我一直都記得這幅畫。畫裡是一個女人的全裸背部，永遠不會再長過肩膀的短頭髮，細細瘦瘦的身體，股溝線條十分漂亮的小巧臀部，以及可以推測比例十分修長美麗的雙腿。畫裡的女人面向鏡子，但臉被自己的手給遮住了。鏡子裡的前身，露出很性感的肚臍，以及毛髮茂密的私處。

我曾經想過，如果畫裡的女人一移動，放下左手，我會在鏡子裡，看見瓶兒。只是不知道她的表情，是笑臉，還是其他臉書私訊可以選擇的圖案。上一位住進這裡的女人，也曾經在鏡子前面擺過一樣的姿勢。只是在前一個截稿週之前，她把私人用品清乾淨，帶走連身裙與內衣褲，一瓶香水都沒有留下。

我不睏，剛坐落在沙發，電子時鐘的秒針就明顯的跳動起來，用走動的聲音提示，每一格等於每一秒，每一步都需要抬起腳來，用盡力氣踩出聲音，才能走踏下一步。我還持續醒著。茶几上的手機螢幕突然亮光。

是臉書私訊的通知。一個圖案：瓶兒的笑臉。

緊接著跳出來的第二則私訊，是一串文字：**我真的又離家出走了。**

怎麼了？

（笑臉）就離家出走啊！

現在在哪裡？

上次說的那個祕密旅館。

很貴很貴的那家？

對。學長，你還在忙嗎？

……在公司加班。

現在凌晨一點了。

沒辦法，截稿週。

那幾點能下班？

怎麼了？

看你要不要過來，我們喝一杯。

去很貴很貴的旅館嗎？

對啊，不然去你家嗎？

我看著漆黑的客廳，安靜得只容得下一個人的呼吸聲。微弱的夜光，偷偷爬在亮面的雜誌書背。它留下的影子，剛好可以辨識出是哪些國外雜誌。手機的光亮，讓我的上半身輪廓，倒映在全黑的液晶顯示屏幕裡。

（笑臉）學長，怎麼了嗎？

剛剛美術編輯拿稿子給我。

恩，可以過來嗎？

我手邊的稿子要看完……

如果不想過來，不用勉強。

（笑臉）

這樣好了，我跟大廳的人說你的名字，如果過來了，幫你刷卡直接上來。

你確定，要我過去嗎？

1112 號房。

（笑臉）

我關去手機的臉書私訊，周遭都暗下。一條新訊息顯示在通知欄，突然讓公寓亮出輪廓。是祕密旅館的地址。我起身離開沙發，推算從郊區到旅館地址的時間。如果要過去，車程的落差，剛好是可以看完一台彩樣的設計版。我規劃路線，只帶上鑰匙串、手機、皮夾。關上外門那一刻，我發現要離開只有一個人的深夜公寓，並不困難。

這是單身的自由，獨居的自由。為什麼過去不願意多嘗試？真的多嘗試了，會碰到哪些女人？有人會再住進這個公寓嗎？

我反覆轉想過去曾經到過住所的女人，想著她們的腿和瓶兒的腿，有著什麼樣的差異；想著如果瓶兒的腿，如果請美術後製修圖，接到封面女郎跨站單車的那張圖，會出現什麼效果……大路往北，開車從郊區駛入台北城。行駛的方向，和白天一樣，但台北的凌晨，更懂得重覆。我被熟悉的既視感包圍，持續看見後視鏡裡逐漸遠離的分隔島與分向線。在發現一些流光之後，我進入行道樹覆蓋天空的夜間道路，漸漸失去時間感。又在一轉眼，抵達仁愛路的地標圓環。我把車停在距離祕密旅館最近的停車格。

祕密旅館的大廳櫃台服務員看見我，直接問了我的名字。我點頭，西服筆挺的他，便引導我走進電梯，刷了十一樓，留下一間電梯份量的禮貌微笑。

十一樓是頂樓，短短的走廊盡頭，有一個蓋得像溫室的天井。裡頭有通往屋頂天台的白色旋轉樓梯，正對著1112號房門。我靠近厚重的門，試著聆聽。房裡沒有電視聲，沒有高級室內拖鞋走動摩擦，沒有一個人的聲音。我伸手去按門鈴，不知為何停住。接著，拿起手機，改傳臉書訊息給她：**我到了，在門口**。

等待的時間，多得足以走上白色的旋轉樓梯，從天台上逃走。但沒有人走近房門。突然，隔壁房間的門，緩緩打開。瓶兒從門裡探頭出來。

我再看了一眼門號，確定是：1112。

我走過去，看著瓶兒身後的門牌，上鑲嵌著數字：1111。

她的眼白，有些紅血絲，無法確定是哭了，還是從初睡裡醒來。

我打開手心，上頭有出門前寫下的房號1112，小聲說，「你給錯了。」

她笑了一下，搖搖頭，聲量比正常再高一些，「沒有錯。」

我皺了一下眉頭，心底想提醒她，小聲一些。但終究沒說出口。瓶兒沒多說，轉身走進頂樓的行政套房，我也跟著。

房間乾淨，低調但十分高級。視界裡看到的一切物品，轉化為很純粹的昂貴感，但完全沒有使用過的痕跡。只有床尾中央的棉被，有一人坐落過凹陷。瓶兒走向那，又把小巧緊實的臀部，鑲嵌那凹陷，並列那雙長長的腿。我和她一起並肩坐在床尾，一時間，沒有誰浮現開口說話的小徵兆。

直到我挪動屁股，也伸展雙腿，瓶兒才開口提問，「截完稿了嗎？」

我想著，過了凌晨的今天，中午時刻，製版廠的專員會到雜誌社收走一批彩樣，再帶走最後剩餘的校對樣章。美術編輯做出來的最後一批黑白樣章，還需要我簽名。

「不用擔心，這個月結束了。」我在幽靜的房間裡出聲，「編輯後天會進版廠，看最後的藍圖。」

「只有這時候，學長才會有空……」

我點點頭。手心撫摸著柔軟的棉被，是絲綢料子，像是年輕女孩頸背的皮膚。我看看瓶兒的脖子，那裡的皮膚不再光滑，被陽光曬得古銅，還有許多深刻的皮膚紋路。

「這個月是第幾期？」瓶兒問。

這個突然出聲蹦來的問題，困擾了我。我知道這一期雜誌是幾月號刊，但想不起來是第幾期。

「我忘了。」

我試著模仿臉書私訊的笑臉圖案，那樣微笑著。然後繼續看著與隔壁房的鐵色分隔牆。

「你們總是忘了想要忘的。」

「不是，我們總是忘了應該要記住的……你跟我也是。」

我們對看了一眼，都有些尷尬，都帶著苦澀笑了。

「所以，隔壁房間……你訂了兩個房間？」我小聲問。

「沒有。」

「……三12有人嗎？」

「我老公，跟另外一個女人。」

我微微仰看著瓶兒那對柳葉形狀的眼睛，因為她的笑，眼線彎得更細長了。在那細細的縫裡，分泌出濕潤的水，但沒有淌流成淚，只是把刷長的眼睫毛沾染出碎碎的亮片。

「今晚陪你……回家嗎？」

瓶兒靜靜看著我，有氣無力地笑了一下，搖搖頭。然後轉頭看著區分三三號房與三12號房的隔間牆，對我說，「他說，今天晚上不會回家睡……」

瓶兒的右手心輕輕放在我的左手背。她沒有流淚，沒有啜泣，沒有哭出一絲抱怨。我翻轉手掌，用寫著 1112 數字的手心，接住她空白的手心。那時，我清楚感覺到瓶兒，手心正微微地散發著熱汗，潮濕而且溫暖。

高翊峰

小說家。現專職寫作。二〇一二年由《聯合文學》評選為「二十位四十歲以下最受期待的華文小說家」。曾從事雜誌編輯、文案、編劇等工作。曾移居北京擔任《MAXIM》雜誌編輯總監。返回台灣後，擔任《GQ》副總編輯，與《FHM》總編輯。影像編劇作品《肉身蛾》曾獲台灣金鐘獎迷你劇集，最佳編劇獎。文字作品曾獲自由時報林榮三文學獎、聯合報文學獎、中國時報文學獎。出版有短篇集《家，這個牢籠》、《肉身蛾》、《傷疤引子》、《奔馳在美麗的光裡》、《一公克的憂傷》。二〇一一年出版長篇小說《幻艙》，獲諾貝爾文學獎得主莫言推薦，出版社譽為華文版《白噪音》，並入圍台灣文學獎長篇小說金典獎。二〇一二年出版《烏鴉燒》，文學評論家陳芳明讚譽——高翊峰小說出現時，一個新的文學時代於焉展開。二〇一四年長篇小說《泡沫戰爭》，入圍二〇一四台灣文學獎長篇小說金典獎；同時入圍二〇一五台北國際書展大獎。

淫婦不是一天造成的

張亦絢

01

「誰可以扶我過馬路？」一個聲音嘶喊著。

「我可以！」我很快「報名」。

扶盲人，方法與扶老人病人都不同，這是我從書上讀到過的，但從沒想到這種知識會派上用場。我擺出正確的姿勢，放慢腳步，把手臂借給他。

走快到馬路對面時，男孩突然放聲問：「我剛下課，妳也剛下課嗎？」

我呆了呆，一時不知如何應對。本想開玩笑說：「我是個老婆婆，早就不下課了。」——但這似乎有戲弄盲人之嫌。他看不到，所以才會用問話問一個，一般人早就不會問我的問題。沉默太久，對他來說，是否形成不明就裡的空白？我趕緊回答：「嗯啊欸，我不是剛下課，剛辦完事。」然後反射性地，我朝他的臉看去，想要交換一個眼神——他的臉看上去如岩層。不過也可能是我不常與盲人說話的關係，不懂看——當一個人看不到另一個人時，是否會覺得，有必要流露出表情？這之後，我看著他的白色手杖敲在他熟悉的領域，我才轉身離去。

真沒想到，年近半百，還是我第一次與盲人交談。學生時代，我曾在國外一個據說是無障礙空間的模範城市待過。有回我去看電影，電影院裡就坐了二十多個滑輪椅而來的觀眾。一個重殘導演導的片。內容不記得，但主題與身障者的性權有關。

盲人——顧名思義，就是看不見的人，不過，從我總是先「看不見他的看不見」一事來說，我的慢半拍，大概更像另一個大盲人。看見看不見，不完全是眼睛的事。

當天晚上，我輾轉難眠，想起潘金蓮。

潘潘常說，她和我之間，存在著特殊的心電感應。我看這多半是無稽之談。要真有心電感應，我應該很輕易就能把考卷上的答案傳送給她，她就不會老吊車尾，而我也不必時不時被導師叫去嘮叨：「白玉蓮啊，妳和潘金蓮那麼好，怎麼就沒影響她用功？她快沒高中可唸了！妳也想想辦法。」導師不知道的是，潘潘不是不用功。有回掃除，我和她一起去倒垃圾，路上潘潘就對我說：「每天都讀到大半夜。但為什麼，成績出來，就都是最後一名？」她指指我們中間的大垃圾袋：「大家看我，比這還不如。」我聽了傷心，我們一起停了下來，蹲在操場角落上哭。月經來時我總比較虛，當時我眼前一黑，竟就暈了過去。醒來時，已經在保健室裡。事後潘潘說：「以為妳會死啊，一面叫一面跑，跟觀世音菩薩罰了好多重誓。」我問她罰什麼重誓，潘潘不肯說。

幾個星期天，我開始約潘潘去圖書館唸書。然而所謂她成績略有起色，不過是從倒數第一上升到倒數二或三。我有點怨她。我認為，若不是她那麼熱心要在圖書館看帥哥，名次可以衝到更前面。但潘潘說她需要一點調劑，不然會瘋掉。不久，我對該怎麼幫潘潘一事，想法倒是有些改變。

說到這改變，就不能不提拿破崙。拿破崙是我們的美術老師，而她所以會有這麼個威風綽號，不是因為我們佩服她，而是因為她又矮又不得人心。「她以為她拿破崙啊？」不知哪個缺德鬼這樣開始嘲笑——術科老師在升學班上全無地位，因此不甘心，而會嘲諷我們的也不只拿破崙，但大家特別嫌惡她，還有另個原因，就是拿破崙全無我們說的女人味。不過，就算再過幾年，袁詠儀會在《金枝玉葉》中大放異彩，那對拿破崙也不會有幫助。依我看，拿破崙的問題，不在於她老穿一身男裝，而是她的人就是，哎，一副剛被狗啃過的樣子。

都國三了，本該識相地不要我們交作業，但是拿破崙偏不甩潛規則，吵嚷幾場過後，大家都敷衍地交了差。發還作品時，拿破崙還對我們全班——除了潘金蓮以外，大大發飆。「白玉蓮，做班長的也沒做榜樣，第二高分，五十九，讓妳及格？除非我沒良知。」她繼續譏評，而我們都打算忍耐她。聯考又不考，誰計較呀？誰是潘金蓮？在罵人的尾聲中，拿破崙的聲音突然變得非常不自然，她說：「我給了潘金蓮一百分。」她接下來的聲音還發抖呢：「要是可以給一千分或一萬分，這個潘金蓮，我要給她一萬分。妳們當中，只有她懂得美。」底下先是一片沉默，然後有些嗤嗤的笑聲冒出來。

「妳們這些爛奴隸，一點性靈也沒，只會想著考試，比古代的娼妓還不如！」拿破崙雖然長得不正，說話倒是直得與她的外形不成正比：「古時候的娼妓，還懂美！妳們懂嗎？」我忍不住在心中叫苦，要是潘金蓮的保護人稱頭些多好！我們可都是被校長捧在手心，有望為校爭光的嬌嬌女呢，把我們與娼妓相比？幾個演講常勝軍的女生，此起彼落站起來，氣定神閒地修理拿破崙。後來還害我這個做班長的，奔波幾番，各處說情，最後沒處份拿破崙，但也沒再見到她。美術科的真正負責人變成我，全部借來模擬考。

潘金蓮給拿破崙看上了喔！被視為拉低全班總平均的害群之馬潘潘，又多了個被取笑的把柄。「趙老師也許是對的，潘潘，」我跟她說：「我們去找趙老師，看她可以給妳什麼建議——比如梵谷，梵谷以前不知道讀什麼學校？」但潘潘不肯，她是有那麼一點恐同兼恐醜的壞毛病。拿破崙不是說她懂得美嗎？這也難怪潘潘不敢靠近拿破崙吧？我試著勸她：「妳不覺得趙老師有眼光嗎？她給妳一百分耶。雖然大家都不喜歡她，不過或許她是有那個什麼，叫做道德勇氣的東西吧？」潘潘還是不要。導師聽到風聲，訓戒我：「白玉蓮妳不要鼓勵潘金蓮鬼畫符，考上高中，隨便她畫。」問題是，潘潘可能考不上啊！我又搞了陽奉陰違那套，我打聽到拿破崙的學歷，瞞著導師，幫潘潘報名了美術學校。結果潘潘雖沒考上高中，卻以術科第一名的成績進了美術學校。

潘潘打電話給我，說我們要去喝酒慶祝，「喝酒？我們能喝嗎？」我高興得眼都濛了。

03

我爸媽差三十歲。我媽再嫁過來時，已經有我哥了。我爸常打我媽和我。妳去看我的背，把衣服掀開來看。「妳看到什麼？」潘潘問我。我知道那是燙傷後的疤痕，但我回答她：「一大片很像夕陽的東西。」不過那次我爸不是要打我，他氣我護我媽，剛煮好的雞湯，這樣潑我。還有我哥會要我摸他，要讓我爸知道，肯定活活打死，要不，也會把他趕到街上去。妳說，我可以害我哥被趕到街上嗎？潘潘當時最在乎的是這：不能讓她哥被趕到街上。他會活不下去。活不下去？我一時插不上嘴，就沒多問。

那天潘潘打扮得很超齡，她在打工了。美術學校是私立，「家裡不是沒錢給我讀書，但我媽認為唸美術沒出息，要我現在起就拿錢回家。」在小酒館裡，我聽著潘潘用稍微不一樣的話，跟我說了張愛玲〈心經〉中的那一句：我是人盡可夫的——。

高中時，有回我正在發愛滋防治的傳單給同學，一個會穿迷你裙到校，超前衛的英文老師卻驚道：「發這幹嘛？需要嗎？如果跟我說妳們之中，誰已經有性行為，我才不信呢。」老師真是老天真，當時班上有性行為的就不只一個，要像潘潘，有時還趕場呢。

那時有個男生老寫情書給我，有次我特想跟他有「肢體的接觸」，我想到潘潘說的：「朝男人身上蹭一下，他們就勃起了。」於是約會整晚，我都在想要不要「蹭」。然而我卻怎麼都蹭不來這一下。我本好沮喪地想，分手好了，但還沒開口，男孩就露齒一笑說：下次見！那笑給我感覺很好，我也就依了。比起來，蹭人對潘潘來說，為什麼那麼容易？那晚我沉思一番後，只有性幻想和「手作」，伴我入夢。

04

「妳看我，妳會覺得我很浪嗎？」我們二十歲時，潘潘問我。

我搔搔頭，為難地說：「我沒長那種眼呀，妳就像我姐一樣。就算妳浪，也不是我感覺得到的吧？怎麼會問這？」

「有男人在跟別人傳話說，說我很浪。他們說怎麼幹我，我都不會滿足。叫我無底洞。」我傻眼，我以為上床都是兩情相悅，這也差太遠了。

我還在思前想後，潘潘倒是眼神蒼茫地補了一句：「不過這很可能也是真的，我很可能特別不容易感到滿足。」

「有人說我長得像瑪莉蓮夢露，」潘潘問我：「又說夢露死得很慘。妳覺得呢？」

「妳知道夢露其實很會演戲？」我對潘潘說道：「她有那個很知性的一面？——我還有張她正在讀《尤里西斯》的照片呢。」

有很知性的一面——換句話說，也就是「也有很不知性的」——的什麼？獸性嗎？

潘潘有獸性嗎？如果是獸，是什麼獸？

女孩子間都有一套話，說說誰風騷誰誘人。潘潘的美豔卻少點傲氣。她並不夠卡門。

雖然我也會想用「嚴陣以待」來形容她：眉毛怎樣、腰臀怎樣，在在都有女性雜誌強力指導下毫不妥協的痕跡——偶爾當她轉述：「胸要大，但也要瘦才會惹人憐」，那雕琢的刀法密令從她口中說出，也有種科學配方般，令人戰慄的冷酷。她想像的男人，都是巴夫洛夫式，鈴聲與狗，刺激與反應的造物。我覺得，潘潘對她的女性魅力，好像嚴肅過了頭。但我能說什麼？在迅速勾引男人這事上，潘潘顯然一路長紅。

潘潘父親娶她母親之前嫖，嫖友中有人中鏢短命，潘先生才起了戒心。成家原來也有在家安全嫖的意思在。但也是「曾經滄海難為水」，潘潘母親老讓潘潘父親嘲笑比不過職業的。而潘潘母親最怕男人把錢全寄給大陸老家的妻，只要有此跡象，就會不讓上床──。

「我媽拿性做武器，好卑鄙。我絕不會要開任何條件，給要跟我上床的男人。」──潘潘道。

不過潘潘無條件的性，從未讓她找到伯樂級的男人。她在性事上「像個男人般」衝鋒，倒是讓男人更想測試她有多大能耐。到頭來，他們總讓她知道，甚至讓她看，他們可以當她面和另一個女人搞，好讓她知道，誰才是老大。潘潘最受不了被放在這種「養饞不養飽」的位置，有樣學樣，她也玩上這一套。「誰怕誰？」潘潘拉好身上「小可愛」該暴該露的部位，報告最新戰果：一個鰥夫、一個處男、一個跟老婆正在鬧離婚的外國人、還有一個來跟她借錢又順便借身體的前男友。她讓他們知道彼此同時存在，而且在床上，誰也沒比誰強。

05

無論潘潘怎麼去上床，我都沒意見——但她不是興奮（做到愛）就是憤怒（沒做到愛），我為她這種截然二分的簡單，感到憂慮。研究所時，我選了藝術史，就是因為我想加強自己，接手從前拿破崙沒能幫到潘潘的部分——潘潘不是容易交朋友的人，別人的男人條件好，她會非常嫉妒；如果別人沒男人或男人條件不如何，她又會百無聊賴。我小心，從不觸發她與其他人競爭的苦痛情感。要說我們這種不太平等的關係是朋友，恐怕也有點問題吧！

我拿到藝術史碩士那年，潘潘跑了幾個國家壯遊。——她不設防的個性，讓她在半路上，幾番瀕臨性攻擊。她的豔遇本就沒有很強的感情色彩，一個讓她在路上搭便車的男人，提議用酒瓶而非陰莖插她時，她的反應就也變得十分超現實。她說：「當時我發了瘋地想畫畫。」但她隨身沒帶筆，男人又提如果能用酒瓶插她就借她，潘潘因此失控。差點就給送到警察局。

我再見到她時，她還是一副精力無處發洩的樣子。但她終於開始想在藝術上有番作為，常常徹夜工作。然而不追求性的副作用，是使她也失去對飲食睡眠的興趣——從前這都是為了美容美姿，為了有本錢。現在她打電話給我時，經常說到好渴與好餓。

有天半夜她在電話中，講起她所知道的「刺激」故事：「我十二歲時，就會幫男人打手槍了喔，一下快，一下慢，有時要我輕輕的，有時又要我用點力；到現在我做夢還會夢到，好多水彩粘在我身上。我對自己說——不噁心、不恐怖，我可以把它當作某種藝術。但有時我真想閉上眼睛，但又怕我閉眼睛，他會打我，其實他根本什麼都看不見。」

「他是誰？怎會打妳？」

「我哥呀，我沒跟妳說過他盲人嗎？他老用白色的手杖打我。可是他什麼都看不見，我不能害他被趕到街上去。妳要我怎麼專心讀書？」

「每次我用水彩，我都在克服，我最大的恐懼。我對自己說，我擠出來的是，是真正的水彩，不是那種男人的……豆漿。我想做愛，我想感覺這一切並不髒。性並不髒。妳也說過，不是嗎？我絕不要為這件事，變得害怕白色。我不要因此失去對白顏色的愛……沒人像我，那麼懂得白顏料……」——我閉上眼，看到那個拿破崙寶愛的「一萬分」作品——除了雪景，我什麼都沒看到——。

「妳總說我會成為很棒的藝術家，怎麼可能？妳什麼都不知道……。趙老師和妳，你們什麼都不知道。」

06

潘潘就是我認識，有望達到淫婦標準的女人。我看著她長大，可也如同從未看見她。古往今來，淫婦的定義，總是不斷改變。而我知道的是：淫婦嘛，絕不是一天造成的。

07

有天我又回到我們國中時的操場。我看到哭累了的我們在說話。潘潘說，真害怕自己會像男孩，有時整天都好想摸女孩的胸部，當然啦，我不是同性戀。我那麼愛看帥哥。然而再來，再來，隔著一層最薄的夏日制服，一層最易濕的少女棉紗內衣，潘潘吃櫻桃般，舔又吸，吸又舔，滿是韻律，帶勁咬卻總咬不碎，我胸前幾無防禦的，草莓鮮奶與泡芙。球上滾起小小球。

甜筒甜，雪糕雪。電與震波，彈珠般打下，在腿間倒放的跳之洞，有座鋼琴節拍器開了，滴答滴，唱出好具體、好淫蕩，色情的時間。而我雖呻吟地像帬貓叫春般，動手打潘潘時，並沒少用力氣，所以，才會發軟發黑⋯⋯。我在保健室醒來時說，生理痛，還頭暈。床邊的潘潘，於是投來萬分感激的一瞥。那時來找護士小姐聊天的拿破崙，歪歪倒倒走過來，以她一貫不討人喜的語氣挖苦我：「班長，昏迷了，妳還拳打腳踢什麼？以為妳是女武松。」

張亦絢
一九七三年出生於台北木柵。巴黎第三大學電影及視聽研究所碩士。早期作品，曾入選同志文學選與台灣文學選。另著有《我們沿河冒險》（國片優良劇本佳作）、《小道消息》，長篇小說《永別書：在我不在的時代》、《愛的不久時：南特／巴黎回憶錄》（台北國際書展大賞入圍）。網站：nathaliechang.wix.com/nathaliechang

油味苦味藥味

陳思宏

油味

她在小老闆身上，聞到整個傳統市場的油味。

小老闆醉死，四肢綿軟，癱在床上，陰莖卻醒著。燈全亮，她厭惡昏暗的空間，每次爬上這藥舖二樓，她做的第一件事就是把每盞燈都喚醒，天花板的日光燈、床邊的小夜燈、桌上的檯燈，全部調到最亮，接著滑開手機的手電筒功能，這二樓是個無窗黑洞，墜入黑洞的分秒，她需要大量的光，讓她看清所有的骯髒細節。

黑黴在床墊定居，牆上漆料剝落，地板黏膩，水杯有青苔，牆角有不明蕈菇。她對塵蟎嚴重過敏，這二樓讓她不斷打噴嚏。那次來西門中藥舖詢問是否可延後繳房租，小老闆聳肩：

「交不出來沒關係啦，我可以租給別人。」整個傳統市場都是巷底西門中藥行老闆的，每攤都要繳租金，這幾年受到連鎖超市影響，市場生意沒落，藥行老闆降租金，寬期限。不久前老闆猝死，長年在外地遊盪的兒子回來接管，藥行生意胡亂，租金卻要得兇，不給任何通融。她和老公賣燒餅，原物料漲價，生意滑落，房租艱難。小老闆視線落在她胸上：「我看妳氣色不好，到樓上我房間，我抓四物給妳。」

小老闆一上樓就把她的衣服迅速抓走，舌入她的身體。剛好一場大雨，肥滿雨滴轟炸鐵皮屋頂，小老闆的舌遞送了合唱團到她喉間，在雨聲的掩護下，她釋放尖叫。小老闆在她耳邊說：「我給妳一帖四物，補一補。」筆直硬挺，緩慢進入她。二樓濕氣太重，她突然打了噴嚏，身體一緊縮，把小老闆的硬挺吐出身體。小老闆笑了，那笑聲濕潤，帶來更多霉味，他重回她的身體，讓她盡情打噴嚏，每個噴嚏伴隨身體緊縮，他用力守住不肯退出，享受被緊緊包覆的快感。

噴嚏裡，她得到生平的第一次高潮。

她與老公無性，生活是麵糰芝麻零錢賒帳赤字。小老闆給的四物濃稠飽滿，清香回甘，此帖讓她恢復血色，舌根生蘭，抵達頂點時，她看到瓢蟲長出斑點，沙漠下了一場大雨，熱氣球撞到彩虹，香蕉生黑斑。踰越且愉悅，小老闆在她身體各處扭開門把，她從未如此敞開。為什麼呢？男人從沒讓她身體快樂，這個小老闆卻一次就讓她嚐甜，身體蜜糖黏稠，腦子裡的哨子暫時閉嘴。

下午市場死寂，蒼蠅在豬肉攤午覺，鼠靜蚊歇，她常去中藥房繳房租，上二樓抓補帖。今天她帶來一瓶藥酒，是賣鵝那攤私釀的。才對飲兩杯，酒勁踢腦門，小老闆昏死，她終於有機會好好看清他。她用手機的手電筒，照亮他的陰莖，她嗅聞，清楚聞到熟悉的麻油味，來自巷口的那家麻油雞。他腋下毛髮茂盛，有回鍋油味，是隔壁那攤賣麵的。鬍渣都是花生油味，那是賣桂圓米糕的，老闆娘總在米糕上桌前抹上花生油。小老闆皮膚滑順，就靠各家油品保養。

她當然知道她不是唯一上二樓繳房租的人，她從來不是唯一，墜落之時有伴，她覺得不孤單。她自小無父無母，住過許多收容所、寄養家庭，她從沒擁有過自己的一張床、一間房。青春期那幾年，她和許多壞掉的男孩女孩共擠一張床，誰邀誰進入身體，誰在誰臉上放熱屁，誰一夜經血誰昨晚夢遺，沒人有一點隱私。因此她練就關閉自己的功夫，再吵再擠都能入睡，因為只有夢境屬於自己，無需分享。她也因此懂了摩擦不見得生熱，壞掉的人身體有太多未癒傷口，擦來撞去只是互相感染，越摩越冰冷，越擦越顫抖。

所以當她遇見在市場賣餅的，沒挑沒嫌就嫁了。多年來她一直在尋找沒有任何存在感的人，賣餅的矮小安靜，和他同床，她感覺不到他的存在，她終於有了自己的床。

她把鼻子埋入長霉的床鋪，噴嚏風暴在身體裡成形。她騎上小老闆，黴菌塵蟎拉扯體內臟器，她哈啾哈啾不止，小老闆夢到自己是燒餅麵糰，被用力擠壓揉捏。在燈全亮的二樓房間裡，麵糰摩擦，哈啾擠壓，小老闆汗如瀑布，身上的油被汗沖刷殆盡。再嗅聞，小老闆身上只剩燒餅芝麻味，這一刻，就算只有幾秒，他的堅硬只屬於她，二樓是她的，小老闆是她的，黴菌是她的。

直到哨音重回腦子。

苦味

小老闆要她舔菊。

她拒絕，她說，你不是也跟賣火鍋料的小兒子？想被舔，叫他啊。小老闆敞開大腿，用小狗乞食的眼神說，男生的舌頭跟女生的不一樣嘛。她抓了衣物準備離去，小老闆留住她，好啦好啦，妳知道我從來不逼妳，來，那我舔妳。

她終於知道，為何這男人讓她高潮，因為他單純跟隨身體本能，每個器官都是性器官，每個洞都是愉悅的開口。他不說愛，但和她在一起的每分每秒，眼神專注，都讓她覺得被寵被愛。他身體極度放鬆，根本沒有界線，沒有誰該聽誰的權力位階，沒有一絲惡意，於是她跟著鬆弛，終於有了歡愉，腦子停止吹哨。

其實她知道菊滋味，苦的。

寄宿家庭裡，收了過多的青少男女，擠同張床。她是棄嬰，除了育幼院沒有任何個人史，遇到這些人，她才知道自己並不特別悲慘。A雙臂都是針孔，B厭食，C生過兩個孩子，D從不說話，E完全不識字，F有重症快死了。寄宿家庭的養父母慈眉善目，家裡供佛也敬耶穌，逼他們讀經文唱詩歌。養父脖子總是掛個哨子，誰不洗碗誰不拖地誰不洗衣，嗶嗶嗶嗶，像個運動教練。有次半夜她醒來上廁所，撞見F正在給教練口交，她衝回擁擠的床，身體劇烈發抖，沒察覺到自己尿床了。隔天早上教練嗶嗶嗶，誰昨晚尿床！不承認是不是？今天誰都沒飯吃。

她承認，被反鎖在陽台上一整天。夜裡，教練帶著被子來陽台，給她冰冷的便當，看她吃完。他說，今晚換妳。輪流，很公平。

她不會，教練拿哨子，輕輕吹，教她，錯了，不可以用牙齒，嗶，對，這樣，逼。她記得，教練的陰莖上，有她便當的飯粒、菜渣。教練俯瞰她，拍打她的臉說，小臉狐媚，妳最漂亮，今天開始，妳是我的潘金蓮。

她慢慢發現，沒有一個孩子有說不的能力。男孩女孩，明明都活不下去，卻都想活下去，所以都聽話，彷彿，聽話就會有出口，有一天，終於可以離開這裡。

後來，教練並不專挑晚上吹哨，任何時間都可。養母明明什麼都知道，但她就只是不斷念經。

有一次她發高燒，教練沒帶她去醫院，進了小宮廟，問神驅惡靈。宮廟道士給她服用某種粉末，開始起乩驅邪。騙自己都忘了，但其實她清楚記得，教練要她舔菊。苦，比粉末還苦，但不是味覺的苦，而是極度疲累的身體產生的酸楚，沒人愛，沒人惜，蔓延全身的那種苦。

後來，她趁西門小老闆熟睡，舔了他的菊。

不苦，有糖味，沒聽到哨音，小老闆喉間有貓有蛇，喵喵嘶嘶。

藥味

強烈颱風侵城，她家這戶是鐵皮違建，老公用盡所有膠帶貼玻璃堵牆縫，鐵皮牆迎風顫抖，看來比人還怕颱風。風雨轉強，鐵皮屋裡悶熱，她窒息想尖叫，說頭痛要去買藥，老公輕輕拉住她，隨即放手。每次她出門，老公都會說聲早點回來，今天什麼都沒說。

二樓擠著十幾個年輕男人，電子音樂轟轟，地上有許多藥丸。都是平日與小老闆瞎混的兄弟，電玩女人夜店之外沒大事可鬧，這天有新兄弟帶來奇貨，讓大家颱風嘗鮮。她熟悉這藥味，注射的、吸食的，鞦韆甩到最高點縱身一跳，摔碎陪她好幾個收容中心的碗，流產，刀割，機車對撞，雪茄燙下體。藥味從沒讓她脫逃，只是不斷召喚痛楚記憶。

兄弟們看見她，放聲狂笑，平常最安靜的那幾個笑得最大聲，緩慢脫衣，笑著互吻。小老闆眼神濃霧，抱住她說，不要走，不要走，不要走，拜託妳不要走。

終於，有人挽留她了。在這頭痛劇烈的颱風天，她只需要一點挽留。

強風來襲，二樓無窗無法探知屋外風雨，一直有巨大的撞擊聲。她放聲尖叫，兄弟們用狂笑回應。她突然懂了，其實哪需要風聲雨聲做掩護，她再怎麼叫，永遠都不會有人聽到。停電了，有人笑著點火燒枕頭，說是點蠟燭。火光裡，她吞了藥，她夜裡常夢到自己踩進一個巨大的黑洞，不斷墜落，沒有底，遠近都有悽厲尖叫，有不明物體一直捏她，今天擁擠的二樓，就是那夢境。兄弟們都像是緩慢蠕動的蟲，往她身上爬。藥物在她身體炸開，感官如剛削好的鉛筆，尖銳急迫，想寫下一整本的黑色慾望。這陰莖吃起來如搗碎的芫荽，下一個根本是加醋大腸麵線，都來都歡迎，她不拒都吃，鴨肉羹鹹水雞榴槤芒果，都是傳統市場的兄弟，湯湯水水油油膩膩，流出的體液標註出身。

肉體堆疊，她身上所有的孔穴全開，有焦味，一整面牆著火，有人忙著撲火，有人忙著在她身體進出。好多兄弟味道，好濃的藥味，但她一直還沒等到她最熟悉的油味與糖味。

一陣強風，把西門中藥房的屋頂掀開。雨砸下，兄弟笑聲依然沒停止。

這二樓終於見光了，焦的黴的壞的毀的，都一清二楚。她睜開眼看天空，看見高麗菜青花菜咻咻飛過，整個豬肉攤飛過，五金行飛過，雞鴨狗飛過，小房子飛過。啊，那不是賣燒餅的？

一切都往天空飛昇，只有她和兄弟們，繼續墜落。

整個傳統市場在天空飛過，種類繁複，花卉菜刀蔬果鮮肉，一起被吹去很遠很遠的地方。強風助燃，藥味濃烈，兄弟們噴灑呻吟，她的歡愉達到了最高點。強風中，違建的二樓塌陷，變成一樓，地下一樓，地下二樓，地下三樓。這身體的黑洞，往下再往下，無底。

陳思宏

一九七六年在彰化永靖出生，農家的第九個孩子，現居德國柏林。曾獲全國大專學生文學獎小說獎、彰化縣磺溪文學獎散文獎、南投縣文學獎小說與散文獎、國軍文藝小說金像獎、台灣文學獎小說獎、入選九歌九十一年度小說選、文建會文學人才培土計畫小說創作補助、九歌年度小說獎、林榮三文學獎小說獎。當過演員，現任記者，熱愛寫作。曾出版短篇小說集《指甲長花的世代》、《營火鬼道》、長篇小說《態度》，最新作品為《去過敏的三種方式》。

愛情三小

朱國珍

幸福的女人該是什麼樣子？若無緣在父姓之外另組一個家庭，眼見已過不惑之年，只能自己照顧自己，自己愛自己。一個人上班，一個人午餐，一個人逛街，一個人在床上流汗。最安全的情郎是18.5公分長的機器，卻是再仿真也永遠說不出「我愛你」。關掉電源之後，雙人床另一邊睡著孤單。

孟玉樓睜眼凝望空氣，汗漸漸涼。

還是去跳舞吧！

韻律舞蹈老師是個有著雄厚胸肌、三角肌、闊背肌的男孩，像個微笑的充氣娃娃。課堂運用節奏澎湃，歌聲妖嬈的拉丁樂曲，抬頭轉身散發濃郁的挑逗，最愛伸展食指，從嘴唇開始，由上往下輕搔到腰際，突然猛烈前後扭臀，歡呼！從聲音到肉體都在噴灑激情，接著定格，喘息，手指頭再滑過跨下，撫摸至尾椎……。

與音樂做愛。

抬腳，屈膝，張開腿；夾臀，旋轉，前後頂擂。心跳與姿勢纏綿，嘴唇微張，胸腔起伏，喘息。嗲音歌手呢喃嬌語「喔」！「喔」！壯美的男老師聲聲呼喚：「來吧！來吧！」電音搖滾驅逐寂寞，遺忘孤獨，慾望被包裹在音符膠囊，彷彿與猛男老師在同一個時空中流汗，就能享受愛，耽溺波波高潮。

孟玉樓第一次跳拉丁舞，總是慢半拍，趁著喘息時，偷瞄其他人如何抬腿拉筋，卻窺見女生流汗後濕透的前胸，兩粒突起的奶頭天真挺立。激凸的雙乳激昂某種慾求，在一次次縮臀與夾緊下體的動作中，她感受到身體深處的騷麻。

初戀耗去四年光陰，結果對方大學四年都在劈腿，就算孟玉樓為他拿過小孩，他最後還是選擇別人。第二個男人戀愛才剛開始，突然全家移民，消失在這個星球。第三個男人，讓她愛得最心疼，也以心痛收場。天底下應該沒有女人生下來就立志做情婦，偏偏走上這條路，怪來怪去，還是怪到感情的壞病毒。

男人從沒抱怨過生活的苦，就是認真工作，為家族事業打拚。他是個沒有表情的人，跨國視訊會議，總是緊皺眉頭，彷若每項討論細節，都具備了亡國或興國的影響力。可是他說話的聲音啊！會吸走二尖瓣膜飛去附著的聲音，屬於真男人的氧氣。

怎麼會輕易被聲音迷惑？只透過空氣傳遞的感官訊息，也能滲透著情感。她只想偷偷留住他的聲音，深厚的，蘊含著權力與華美想像的聲音。好幾個與他餐宴的夜晚，她都覺得自己戀愛了，想像著被愛，也許就是這種共鳴，任憑音波流轉，兩耳之間的高潮，偷偷享受的高潮。因為公司裡每個人都明白，當他娶進銀行繼承人的那一天，他已經被賦予接班的準備，此生唯一的事業，就是為岳父岳母開拓出更龐大的版圖，展延家族的金融帝國。

她明白，那聲音離開嘴唇之後就什麼都不是。她更清楚，這種豪門仕紳被賦予世代交替的任務，他們是種馬，必須小心呵護血脈；孟玉樓是風，偶然為一句深情的呼喚停留，沒有血液的流動，注定漂泊。

是他突然正視著她，說：「孟小姐，妳是一個很優秀的女孩子。」那瞬間，彷彿他也以聲音同她交合在一起，是寂寞空谷的獨白迴音，在語言的分泌物裡織起天羅地網，她逃不了，他也逃不了。什麼時候開始已經不重要，是他，雙肩壓力大過一座山的他，被風拂過了。

她背地裡偷偷稱他「老先生」，兩人繾綣時則呼喚「親親」。他外派美國分行，調度國際事務，太太和小孩都住在美國，每隔兩個月隻身回台北視察。她小心翼翼呵護這段感情，彷彿報恩似的，只因為他曾經稱讚她「是一個很優秀的女孩」。

第三次談戀愛，陪伴一個像父親的男人，卻從他深沉的眼神中，看到灰暗的未來。

喔，親親！

她為他按摩肩頸，從風池、天髎穴一直揉擦到關元俞、足三里、中陰交。一邊觸碰穴道，一邊親吻，偶而調皮地伸出舌頭，濕漉漉地點狀滋潤他身體，親吻到肚臍眼旁邊時，發現有些散落的紅痣，像座銀河系串連到陰毛深處，她微嗔地說：「小牛郎，你身上有個鵲橋。」

他轉身，將她壓到身下，交纏四肢，凝視她的眼睛。

「我月經來。」她說。他的吻不顧一切地落下。她心想：這個人，怎麼連喘息聲都這麼好聽！事後，她說有點冷，他囑咐她躺在床上，為她披上薄被，自己拿起浴巾到廁所裡清洗血漬。她撒嬌說：「退房時多留點小費就可以。」他回來挨著她躺下，緊緊擁抱她，撫摸她的頭髮，沒有說話。

老先生離開時總會在她皮包裡塞現金。她說：「我又不是為了這個。」「那是為了什麼？」老先生問。

她要什麼？從老先生直視她的第一眼，兩人便淪落成鬼影，雙雙陷入情感煉獄。她想跟他手牽手逛街，想跟他一起出國旅遊，想在臉書上炫耀自己的愛情，可是這一切，因為愛他，她不能要，更不敢說，即使身為敗德的情婦，也要做一個有格調的情婦，祈望當這條路走到盡頭時，回首闌珊，兩人還能相視一笑。

孟玉樓最後做出結論：原來真心愛一個人會激勵自己變得高尚，為了愛的精神勝利，自願服輸退出戰場，不與另一個女人計較爭搶，一切敗戰之計，只為了換取愛人的平安；只要愛人幸福，也就是自己的幸福。

然而，她還是徹底失敗了。

原本一兩個星期會互通電郵的老先生，突然斷絕訊息。辦公室裡傳出耳語：老先生死了。在一個晨起慢跑的途中心肌梗塞，當場就過去了。高層擔心影響股價，一切後事低調處理，反正老先生也沒有直接掛上執行長、幕僚長、或財務長的美名，他就是一個最高級的幕僚，工蜂之首，為這個財閥貢獻出最後一滴血的家奴。

沒有人祝福的感情，沒有任何承諾的戀愛單行道，沒房子車子銀子，沒照片錄音錄影，唯一能證實這段回憶的只有多年來信件裡的隻字片語。深深愛過纏綿過的人，連一聲招呼都不說，就死在異國街頭，到最後連靈堂祭拜一炷香的機會也沒有，只能抬頭仰望天空，默默在心中呢喃著：「嗨！你在那裡好嗎？我很想你……。」

*

「手再舉高一點，感覺妳的背部在溜滑梯！……Come on！I need power。」男老師高分貝的聲音把孟玉樓帶回現實，身旁的女人已幻化舞孃，猛浪蛇扭搖擺。她們狂熱，魅惑與陶醉，毫不掩飾飢渴。女人們的身體暗藏堡壘，護衛著肥沃豐腴的濕地，誘惑他者覬覦入侵。肉身堡壘在每一次的愛情戰爭中抵禦撞擊，或迎合撞擊。無論贏或輸，撞擊之後都是殘破的基地。

四十歲後還有幾次戀情，維持最久的那人，每天早晚打電話來耐心問候。長期單身的精神官能症狀之一，就是遇到有人持續關懷，便忍不住流淚。年紀四捨五入可以算做半百，說得好聽是接近不惑中年，既然不惑則凡事可以重啟，輸入幸福快樂方程式。可歲月遲暮就像地球公轉，人人都見過夕陽下山，天地說黑就黑，哪有狡辯的餘地。

情人節送上九十九朵紅玫瑰。辦公室裡同事們羨慕的眼神，讓孟玉樓虛榮飄浮，決定再嘗試感情的水溫。那人剛開始還會認真選餐廳，校園散步又談心。倚在湖畔欄杆，趁她轉過頭看星星時親吻後頸。耳鬢廝磨彷若千萬個邱比特舉起箭弓竄入淋巴液，直奔肚臍眼下方，那兒藏匿了維納斯的奧祕，溢出母愛的汁液。

他總是將門禁的理由塞給母親，晚上九點要回到家照護老母並安全鎖門。她天真揣想，自己只比灰姑娘少了三個小時，也許，這樣才能珍藏仙履奇緣的玻璃鞋。

在大學任教的他，熟悉校園裡每棟建築的幽徑，文學院的長廊盡頭，古老的日式建築有著膝蓋高度的木櫺窗台，他背靠窗戶屈膝而坐，從拉鏈中露出陽具，誘惑著她用外套遮住掀起的衣裙，跨坐他敞開的褲檔，上下律動。暗夜裡遠望彷若情人卿卿我我，只有他們明白，這是以戀愛的障眼之姿行交媾之實。

因為疼惜孝順的男人，孟玉樓自願買衣服送他，甚至幫他付信用卡款，有時看到帳單明細中出現「兒童育樂中心」或「台北故事館」的消費，也當作他童心未泯。比較奇怪的是，兩個中年未婚男女交往半年多，做愛無數次，除了嚴守「門禁」的紀律之外，那男人始終沒有帶她回家拜訪母親的意圖，總在相聚時猴急地去賓館開房間，到後來連晚餐下午茶都省略，手機裡直接傳來「我在ＸＸＸ號房」的訊息。

當初介紹「門禁男」的媒人，是朋友的朋友，平常只靠臉書瞭解彼此動態，某天這位媒人突然傳來電話訊息，寫著：「孟小姐，那個大學教授已經結婚了，還有兩個小孩，妳要留意。」連一聲對不起都沒有！

最後一次和有婦之夫去賓館開房間，她拒絕再扮演曖昧無能的第三者，獻身華麗淫蕩的告別式，潤濕紅唇，滾動舌尖，口腔圓周環繞，軟顎頂硬莖，吞吐迎拒，貝齒輕齧恥骨肉膜，海綿體衝血，腥海淹沒，前前後後，上上下下，她都給，給到陰陽越界的洞霄深處。她的身體彷若女優複製人，心卻是觀眾。垂眼凝視男人暈靡的神情，和他放肆的汗津共同刺穿曖昧，男人的弱點始終是服從兩腿之間的陽具，從來不是兩耳之間的真心。

整夜激情讓男人第二天無法正常上班，他甚至傳簡訊要求再度春宵。孟玉樓寫了一封電郵，直接陳述他的床上功夫非常普通，陰莖甚至比一般人短小。而且，他從來沒有讓她達到高潮，每次都趁他淋浴時自慰才能完美成就性愛。她希望他好好檢討，並祝福他努力健身，不要讓下一個女人忍氣吞聲這麼久才敢說出心底的無奈。

那段日子痛苦，更多時間冷笑，心想著：卑賤的男人，最廉價的跳蛋都比你們強。以前還要等待寬衣解帶尷尬三分鐘，男人那玩意兒看到女人裸體本能立正敬禮，他們的手卻只會粗魯地在女人肛門附近搓來搓去。現在省事多了，當慾望來臨，自行脫下內褲手指頭三秒鐘立刻攀到G點，輕重得宜探觸全身最搔癢的那塊聖地，時間長短不再依賴男人的射精，而是自己決定享受多久體內猛浪來襲。

冷笑之後繼續面對冷淡的生活，二十年銀行資歷，旅行路線都在台北，東西南北各分行，生活無虞，只有點小遺憾，就是聽到同事們談論媽媽經插不上嘴。另外剩下一點無奈，則是雙人床的另一半，何時才能熨燙真正的體溫？每個夜晚，只能依偎枕頭，幻想男人寬厚的肩膀。今晚，就選擇男韻律老師的四頭肌吧！在夢中讓他擁抱，閉上眼睛才會有幸福。

*

「Come，再來一次！」渾身濕透的男老師，正靠近孟玉樓身邊，對著耳朵呼氣：「認識妳的身體，開發妳的能量，享受妳的舞蹈！汪！汪！」年輕男老師突然學小狗叫，引得全場哄堂大笑。他旋轉小巧圓溜的臀部，踢跳、轉頭、扭臀、昂首，帶女人們進入瘋狂，跟著揮舞，吶喊，在奮力搖擺下體的同時，激凸的奶頭如晚春綻放的花蕾，企圖勾引到處留情的蝴蝶，共享一時恩愛。

音樂聲嘎然而止。

「要再來喲！」男老師調皮地眨眨眼，孟玉樓總覺得他那彎月眼角的視線，始終繞在她身上。

跳舞教室裡，孟玉樓是靜默的；在工作上，她必須能言善道。

身為信用卡客服部經理，每天要解決溝通的案例太多，她早已經學會冷靜溫柔，應付各種卡務糾紛。

「先生，您在做代償的時候，合約書已經設定還款順序是代償金、年費、一般消費款；所以您在代償金額沒有繳清之前，所繳的錢都先支付貸款，新增消費必須收取19.97%的循環利息。」孟玉樓熟練地在電話上與陌生人對話。經過這麼多年，現在即使對方聲音再好聽，也引不起任何遐想，更何況大部分會發生信用卡爭議的客戶，多半是理財觀念貧乏的年輕人。

「可是，我不知道耶……那我是不是不刷你們的信用卡，就不會有這些問題？」男人尾音提高的聲調，有點像在撒嬌。

「很可能是這樣。」孟玉樓平靜地回答：「如果您真的沒有詳讀合約書，建議您在下次繳款日存入九萬五千三百二十六元的消費金額，我們將不再收取19.97%的循環利息。」

男人不再說話。她只聽見他在電話另一端的呼吸聲。

「先生，還有什麼地方需要我為您服務嗎？」孟玉樓問。

「……小姐妳的聲音好好聽，也很熟悉，我是不是在哪裡跟妳說過話？」男人的聲調突然放輕鬆，傳來甜膩的想像。

「謝謝！嗯……我想我們應該沒有機會見面。」

「我在忠孝東路四段XX大樓的健身中心教拉丁有氧，我叫Eric，有空來玩唷！我們班上很多Late Bloomer唷！越跳越開竅，好像晚熟的花一樣，跳舞真的很棒耶！」一說到跳舞，他的聲音就出現莫名的高亢，他一定是真心熱愛律動這回事，才會在形容任何跟舞蹈有關的事時連聲音都在跳躍。

他說的那間健身中心，就是孟玉樓學拉丁有氧的地方。

Late Bloomer……。

中年才學會奔放。情海浮游，孟玉樓一次比一次放任感官享受。她一直以為自己有機會成為一個家的女主人，布置出屬於兩個人的房間，選擇喜愛的床單顏色，成雙的漱口對杯，最好連拖鞋都穿同樣的款式，大小尺寸依依相伴。燈光要局部照明，絕對不掛俗艷的賓館式水晶燈。為了把握每份情感，和男人相處時，她毫不猶豫奉獻出所有的自己，沒有顧忌地在沙發、在浴缸、在任何可以挑戰界限的地方釋放情慾，將對方淹沒。愛的浪潮滾滾侵襲，最終淹沒的還是自己，海底深呼吸，湧進身體的只是沉淪，孤獨的夜晚，抬頭仰望，天空一片黑。晚熟的花！彷彿謳歌春泥。現在，恐怕只有小狗具備這種天真。

小狗！孟玉樓忍不住噗哧一笑，那個在跳舞時學小狗汪汪叫的四頭肌猛男，與欠下二十萬信貸和九萬元消費款還會裝可愛的男客戶，會不會是同一個人呢？孟玉樓心想，下次去韻律教室，如果她趁著音樂聲響起之前，先開口說句話，年輕男老師會不會憶起這段線上邀請？

抱著枕頭，新買的被套尚未經過漂洗，有股漿過的布香，憶起小學第一天上課時的新制服，而如今，腦海裡浮現的都是背影，那些人來來去去，在漆黑的深夜，影子愈拉愈長。絲質睡衣的前胸繡著成雙綻放的忍冬花，細肩帶掉了下來，孟玉樓低頭一看，唉！肩膀被蚊子咬了個苞，癢癢的，輕輕一搔便印上紅色的爪痕。她想起老先生，以前最喜歡囓吻她的肩膀；也想起了門禁男，這件睡衣是他挑的，結帳時卻要孟玉樓自己付錢買單。最後想起渾身肌肉的男老師，也許熱愛舞蹈的他還能在律動中保留天真。孟玉樓嘴角一揚，心想：「愛情塞汶啊！

剩三小」。「小心」呵護它，即使沒人保證絕對綻放美麗的花。還要「小氣」，以免被騙脫光衣服連口袋也空得徹底。最後，把它當成可愛的「小狗」吧！摸摸頭，牠對妳吐舌微笑，雙方都歡喜，片刻就是美好。

朱國珍

清華大學中國語文學系畢業，東華大學英美文學研究所藝術碩士。長篇小說《中央社區》獲《亞洲周刊》二〇一三年十大華文小說、第十三屆台北文學獎年金獎，原著劇本得到二〇一三年「拍台北」電影劇本獎首獎。其它作品包括長篇小說《三天》、短篇小說集《夜夜要喝長島冰茶的女人》、散文集《離奇料理》、《貓語錄》。曾任中華電視公司新聞部記者、新聞主播、節目主持人。現為廣播節目主持人。

我的名字是金蓮

沈意卿

看這天色，船還要一陣子才來，不如陪我坐坐？過了對岸，喝了茶，諸般身後事，都如雲煙過。你胸前那可怕的傷口，也不會再痛。

把書打開，可以往前，也可以往後，就算不翻看結局，字裡行間皆有暗示，指向同一個命運。

作者操縱著讀者，看同一個笑話。你們置身事外，我自神魂顛倒。

不，我不是，我沒有什麼好開脫。這裡曾經裝著兩片肺器，這塊模糊估計是肚腸，心臟又在哪？罷了。你們都知道怎麼搞的。沒有肺腑的肺腑之言。

我就想說說。

琵琶

我記不得我的父親。他早死，註定我身邊所有男人都會離開我，不過他是第一個。我不知道他有沒有抱過我。記憶裡那個巨大的黑影，總覺得是自己捏出來的。

影中還有影，每個男人壓上來，都有一瞬大同小異，重疊再重疊，黑影又黑一點。

後來大家都說我好看，其實房子不大，人口眾多，兩個窟窿一個嘴，眼睛看著食物，嘴巴張開就嚼，拼在一起甚麼模樣，誰去在乎。母親是對我異樣點，但當時不覺得，要纏腳，她對我特別狠，造就一雙金蓮。

餓到九歲。被賣到王招宣府才吃飽，才吃好，吃飽吃好才知道彈琴歌唱，認字讀書。王府的人喜歡我，說我眼神好。他們不知道，那是我九歲前看著吃物，一天天瞪出來的。它說的比嘴多，比字詞清楚：我餓，我要，我渴望，我氣恨。

大家都說我好看，那不是一種稱讚。

十五歲，第二個男人離開我。王招宣死後，母親又將我轉賣給張大戶。在王家什麼都學過了，認字吟詩，畫眉說話。就是不懂音律，就學琵琶。琵琶橫抱，半梨形的肚子躺在胸口，壓在腿間，撥琴，如同撫身，那震動一下下穿過身體，我全身激動起來，手指發麻，腿倒生力。隨曲急切沸揚，我發現了自己的祕密。

我第一次知道歡愉，竟是經過一把琵琶。那日子，我整天火燒火燎，捧著沒人說的猩紅的祕密，像身體又長出了身體，不知輕重，日夜顛倒。眼神和跌宕的琴音，都太響亮，簡直像怕沒人知道。浮躁上臉，在毛孔吐氣說話，面有暗潮，髮鬢生香，這祕密藏不長。

細節也記不得了，只記得狼狽，各種衣物拖拖絆絆，像有二十隻腳。等耳邊喘氣慢慢濕涼，我自己知道收拾妥當。原來男人有兩種面相，站著和趴著的不一樣。張大戶再不和我說話，就這樣讓主家婆發現。

免不了一陣苦打。在那之前要是一團火，一塊鐵，我現在就是一塊鋼，那痛生出自己的歡愉，我咬牙，痛也有痛的道理。

張大戶，離開我的第三個男人。死前將我嫁給旁屋醜陋矮小的武大，氣壞了妻子。火盆放在房內太燙，扔出去又不捨得，留在鄰舍，想起來就搗一搗。人死硬了，冰塊一樣，還要火盆幹嘛。我和武大給攆了出去。

武大醜，像塊樹皮；武大矮，像個灌叢。武大租房子，搬東西，賣炊餅。我成了炊餅的老婆——至少不餓。不餓就發閒，閒人特別有想法。

賣炊餅的妻子不彈琵琶。這時我也不需琵琶，身體自會吟唱，更比琵琶。他出門就好。整天時光給我打發，身體要在床上唱就在床上唱，想站門邊唱就站門邊唱。我管不了它。活著就它給我這點樂趣，我幹嘛管它？

武大沒見過女人。至少，沒怎麼認真見過。他連正眼看我都不敢，像一次看完太奢侈，捨不得。在他手下，我和炊餅沒什麼兩樣，揉揉捏捏，層層疊疊，不是天沒亮，就是入了夜，匆匆了事，像怕被誰發現。估計是怕運氣：怕驚擾他的運氣。怕一覺醒來，不過莊生夢蝶，白忙一場。那種珍惜在床第不過是窩囊——我期待的一點侮辱也落空了。

我對著黑影來氣。這輩子總是別人罵我，這才發現我有多少詞彙。我罵進黑暗的每個角度，他恐懼地撲過來，希望以力量掩蓋我的憤怒，我越發狠罵，他越勉力，我往黑暗裡打踹，他拿出全身氣力對抗，哀告，求情，直至放軟——武大激發了我的憤怒，我要報復這個世界，以全身掐住黑暗的底限。

蛇

我愛武松，你們說。

我不想說武松。他沒什麼好說。我不知道什麼是愛。我猜，讓我舒服，讓我飽暖，讓我愉快，讓我這一切還有所期待，就是你們所謂，愛。

我對武松沒有愛。我對武大至少有煩厭，有同吃同睡的經驗，我對武松無愛無恨。對武松又愛又恨的一直只是武大，這是他終生最熱烈的情感，他對他弟弟的愛惜、恐懼、忌諱，和妒意。

武二一切都比武大好，至少看上去是這樣。武大在武二的八尺影子裡活了這樣久，自然生出陰暗的念頭來。

武大從武二第一次見我就知道了，瞎子也能看出來。武二像手腳又長了幾尺，哪裡都沒得放，坐也不是，站也不是，滿臉通紅的想看，又不敢看。武大第一次發現他和武二有個旗鼓相當的地方。在我面前，他們終於像一家人，有一樣的窘迫，一樣的長短數量。

他一輩子就一樣運氣，是人都忍不住揮霍一次。你怪不了他。大突然有了精神，興沖沖的給武二備房，要武二一定搬來。大突然有了聲音，喊我左右的時候特別響亮。大突然有了力氣，像他身下的不是我是武二，不斷的突破的是他的心病。武大突然有了心思，他讓我著著小衣給二送飯送酒，問寒問暖，再把武二一人留在夜裡。夜長夢多。我知道他在做什麼，一種小人的勝利。你怪不了他。也怪不了武二。就到那時候他也不敢看我。他在沒有人的時候出現，我來不及說一句話，只感覺半邊臉壓在冰冷的桌上，雙手剪在一起，他一手抓在後面。我沒有抗拒，沒有出聲，也沒有掙扎。他大可不必扣著我，省一隻手除衣解帶，便毋需這樣忙亂，桌椅磕磕碰碰，大聲發抖。

一切發生的太快。才從背後感到冰冷的空氣，一條陰涼的蛇，等不及從腿股簌簌滑下。等一切安靜下來，我才回頭看他，他羞恥的模樣和身下那垂頭喪氣的東西一樣。我不好，忍不住笑。他立刻發難，揮手將我掃到地上。

當然，會打老虎，就會打女人，這很正常。

他很快搬走，甚至離開這城。武大這一點無聊的樂趣，短暫卻不愧為生命的高潮，那幾天他真正活過，意氣風發，洋洋得意。

武二走後，武大徹底頹了下來，和所有滿足終願，再無所求的人一樣。一次的勝利，已是終生的勝利，他明白的很。到最後連飯都不太吃，只是不斷醒來，出門，回家，睡下。在他變成鬼魂前，他已經像隻鬼，隨時準備跨到另一邊。

他成了鬼，我入了魔，上了手。

良田

你們想像我們一見面就苟合，放縱粗鄙。你們在他身上用最壞的詞，如同在我身上。我無所謂。只要你把我們放在一起，都好，都願意。粗鄙只因我們快樂，不假他人，所有與他人的無關的快樂無論如何都是粗鄙的。滴水不漏，你們加入不得。

武二後武大魂飛。沒有對象，我連謾罵都不著地，跟著逐日衰弱下來，凡事無心，一條叉桿都拿不住，就這樣把門簾摔到西門頭上，改變一生。

西門慶。那次以後，他想方設法，等我們真到了一個房間，他卻一語不發，只是與我對坐。

我縫衣，他慢吞吞的吃菜喝酒，也不看我。藉口是幫王婆縫壽衣，但我一生沒見過這樣野艷的花樣，他帶來的，那金紅弄得我頭昏眼花，無酒自醉。

這樣對坐一些日子。每日，我在一樣時間來，他隨後到。我一針一線，想把他影子縫下，留給自己。我縫的很慢很慢，縫了又拆，拆了又縫。

終於有天，他沒出現。我發瘋傻，扎破了手。那針口能灌多少風，全身筋骨都冷。天黑才爬回家，沒燭火，灰藍色一點點暗下來，想到我的下半生就在這墓穴，對著個活死人，我的憤怒逐漸轉成一種恐怖——他連翻身也沒有翻身。

半點沒睡，哭了一夜，臉眼全腫。我還是去。

他已經到了。看見他，彷彿被誰抽走了脊椎，發軟。我在他對面坐下。他看著我。站起來，像一頭貓，靜靜跪在我身邊。鞋脫了，雙腳捏在他手上，那力道一路傳上來，彷彿是痛，彷佛是麻，彷彿我全身縮成一塊很小很小的地方，再捏就會化灰。

我把眼睛闔上。眼瞼裡的黑暗也亮光，他在眼瞼外把我衣服一件件除下。我發抖，卻不冷，只是全身發燙，簡直要蒸發。我一絲不掛，他不動聲色，他在等我睜眼。

我看著他。看著他看我：頭頸、胸際、腰腿。還記得他手的腳。我沒看過自己，也沒人真正看過我。身體是羞恥的地方，該被遮蓋、隱藏。身體是讓男人犯罪的地方，它勾引犯罪，引導犯罪，提供犯罪，容許犯罪，最後接受犯罪：他們在我身上犯罪時都這麼說。

我看著他看我，用他的眼神看自己，像第一次看見自己。彷彿我並不曾存在，直到現在。他仔細看我。他不是在對我犯罪。

這裡沒有罪行，只有以我身體為腹地，以時間催生，眼光滋養的慾望。身體有身體的意志，很大，很響。

他吻我，或更像嚐。他嚐著我眼皮、耳廓、後頸。

手肘，掌線，指間。

背脊，肚濟，腰腹。

膝前，膝後，雙腳。

你可以想像到的身上每一條皺摺。乳尖，和腿間。每一條皺摺。

我說過的：讓我舒服，讓我愉快，讓我飽暖。進入我。緊抱我。摧毀我。

怎樣相貼能靠近最多髮膚？怎樣把他每一吋每一個角度沒進我身？怎樣道理？怎樣無窮？怎樣天堂地獄？用盡所有方法。

極淫。極惡。極美。極善。極荒唐。極莊嚴。極點。極界。極碎。

我所有的餓都被飽足，又永遠不夠。

壽衣縫好，嫁衣已定。壽衣做給王婆，卻是武大穿上。

那幾個月我渾日荒唐，他視而不見。等到他提起力氣問，我卻說出武二。他氣餒，他全家都氣餒。無用。

我知道那至於死。他沒讓我久等。

舒服的就是適合，不舒服的才是苟合。

啊西門慶，我們適合。

我想故事就停在這裡，可惜沒有。

嘴

婚嫁前，你是一個人，有手有腳有身；婚嫁後，是盒裡一件首飾，牆上一塊磚。

再也回不去那王婆的房間，兩個人巨大的世界。這大家宅院，一生都沒走完所有房間，硬是比那最初對坐無語的桌子還小。所有人所有話你都能聽到，所有動作你都感覺到。他會吻你，就會吻別人。不吻在你身上，就像割在你身上。你能想像到的每一個皺摺。都受割。

他戳別人的身體，戳你的就是火棍鐵桿；他與別人笑，你腦子嗡嗡響。越發像一只醜陋的生物，不圓不長不方。又不能死。你還在等那偶然的歡愉，像賭徒，慾望變得猙獰，吞吃血管內臟。

就像打仗，這裡贏一場，那裡輸一場；這裡吐一口氣，那裡中一把刀。不過是有什麼就是什麼。我們是同路人。他見的多吃的多。我見的少吃的少，但少不得吃，都是一樣。他有他花費時間的選擇，我也有我處理世情的辦法。房間是回不去了，不如登台演一台戲。

最不缺的就是人。他為李桂姐滯留花巷，我便找孟玉樓房裡的琴童玩耍。那原本與我同名的宋蕙蓮想做七房，卻捨不得原本的丈夫，不上吊還幹嘛？李瓶兒能生卻不會養，兒子沒福氣命薄死了，要怪我養的肥貓，去他個王八蛋。兒子死了，媽也不吃飯，趕緊一起上路有伴。

最不缺的就是人，難過幾天，喝個幾杯，自然有別人補上來。傷春悲秋，男歡女愛，有什麼問題？

生命很短，時間很長。怎麼打發才像話？傷口要填起來，洞要被補滿，耳朵要聽見，口舌要吃飯。你們知道的跟真的差不多，鬥也鬥了，殺也殺了，有什麼差別。這個男人與那個男人之間，這一次和那一次，這一夜和那一夜。有一就有二。

要數，我們一樣。只是他數來人，我是五房，我數去路，他是離開我的第五個男人。他有這麼多女人，至少是死在我手上，我身下。我也是個好對手。好是好過，最終都不一樣了。走了五個，還有兩個。一個陳敬濟，好玩伴，就因為是西門女婿，夠荒唐，我倆風月時光，輕鬆自在。西門死了，舞台沒有對手，沒戲唱，就和他演演鬧劇。一來一往，不痛不癢。和西門一家周旋，只有手段，感情純屬多餘。西門死了沒有感覺，陳敬濟來了也就來了，不知所謂。我們前後被趕出門，也隨便。

我倒沒想到他要娶我，不過晚了一步。

刀

發生過這麼多事，幾乎忘了還有這人。王婆說有個都頭想娶我，怎麼也沒想到是武二。嫁誰不都一樣。

我到底笑了沒有？兩支紅燭，一桌吃酒。王婆一走，他趁酒意捏著我的手，結結巴巴，想說話，不知說什麼。我是不是笑了？我到底笑了沒有？

我見到自己死，臉上蓋回了紅色的蓋頭。頭的方向奇怪了，不久滾落了枕頭。這才又看到在我身上的武二，我死了，他終於做了一次男人。

大英雄。大忠義。他趴在我身上，直到沒了溫度，他才醒來。蓋頭也不敢掀，索性割了脖子，便不用見面。又覺不妥，開了膛，嘩嘩拉出一堆血肉，沒處放，就放他哥靈前的桌上。正想辦法處理那條皮囊，可憐短命的王婆，這時候走進來，做了個倒楣鬼，又一條人命。依循慣例，再次逃亡。

滿桌肚腸。說是祭亡兄，那就是祭亡兄。屍體會說話，是你聽不明白。

一切回頭看，像把地圖鋪開，以指腹爬行，遊覽索驥。山川、河流、大陸、小徑，哪裡該驅左，哪裡該駛右，開了天眼，清清楚楚。路死了，指頭一起，頭一偏，就可以重新來過；再不然，跳過去，懸崖縱谷，一樣躍過，輕輕鬆鬆。誰會迷路、走偏、行差踏錯。

為何我沒在這裡，或那裡轉彎？

船

我的名字是金蓮。他們用我的名喚你，都不是一種稱讚。我在這裡遇過太多——懸吊的、刺破的、穿腸的、開膛的、斷頭的，被熟人姦淫傷害的、被父母當貨物買賣的、青春給割了陰蒂的、被丈夫點火燃燒的、被父兄以石頭打死的，都以我之名。

往後看，一切有跡可循；往前看，永遠是一人單騎，眼見三尺，十面埋伏，進退維谷。走的太遠，太盡。從沒有什麼地圖展開：等清楚，已太晚。

聽見鐘聲嗎？你的船要開了。姑娘，船上風大，把胸前傷口攏攏，眼淚擦擦，別讓人看笑話。我不走，就在這裡送送你，像我送走她們一樣。最後一程，一路好走。

沈意卿

那些好的美的完整的我們就該慾望：對我來說就是把衣服脫光躺在你身旁。藝術史與文化評論本科，不時轉換城市和職業，太多好奇與誠實，尚未找到相對應的人間身份。著有短篇小說《那些殺死你的都並不致命》、散文集《桃紅柳綠 生張熟李》。

金瓶梅同人誌

2016年4月初版　　定價：新臺幣250元

著者	蘭陵笑笑生等著
總經理	羅國俊
發行人	林載爵

出版者	聯經出版事業股份有限公司
地址	台北市基隆路一段180號4樓
輯部地址	台北市基隆路一段180號4樓
叢書主編電話	(02)87876242轉212
台北聯經書房	台北市新生南路三段94號
電話	(02)23620308
台中分公司	台中市北區崇德路一段198號
暨門市電話	(04)22312023
台中電子信箱	e-mail：linking2@ms42.hinet.net
郵政劃撥帳戶第	0100559-3號
郵撥電話	(02)23620308
印刷者	世和印製企業有限公司
總經銷	聯合發行股份有限公司
發行所	新北市新店區寶橋路235巷6弄6號2樓
電話	(02)29178022

責任編輯	江子逸
編輯協力	崔舜華
	許俐葳
美術設計	陳怡絜
校對	陳宛蓁
	汪湘婕

行政院新聞局出版事業登記證局版臺業字第0130號
本書如有缺頁，破損，倒裝請寄回台北聯經書房更換。　ISBN 978-957-08-4719-2（精裝）
聯經網址：www.linkingbooks.com.tw
電子信箱：linking@udngroup.com

國家圖書館出版品預行編目資料

金瓶梅同人誌
蘭陵笑笑生等著．初版．臺北市．聯經．2016.
04（民105年）．160面．11×17.8公分
ISBN 978-957-08-4719-2（精裝）

857.61　　105004776